Friedrich Ernst Jester

Der Dorfprediger

Schauspiel in 5 Aufz. Nach dem engl. Roman Der Landpriester von Wakefield

Friedrich Ernst Jester

Der Dorfprediger
Schauspiel in 5 Aufz. Nach dem engl. Roman Der Landpriester von Wakefield

ISBN/EAN: 9783743640009

Hergestellt in Europa, USA, Kanada, Australien, Japan

Cover: Foto ©Andreas Hilbeck / pixelio.de

Weitere Bücher finden Sie auf **www.hansebooks.com**

DER

DORFPREDIGER.

SCHAUSPIEL IN

5 AUFZ. NACH

DEM ENGL...

Friedrich Ernst Jester

Es war eine Zeit, wo der Landpriester — nach einer neueren Ueberſetzung
der Dorfprediger von Wakefield, mit
einer der Lieblingsromane des deutſchen
leſenden Publicums war. Ob dies noch
jetzt wie ehemals der Fall ſeyn dürfte,
daran muß ich nun freylich zweifeln.
Die Claſſe der Leſer, die an einer natür-
lichen ungekünſtelten Schreibart, an Herzlichkeit im Ausbruck, an treffenden, aus
dem wirklichen Menſchenleben herge-
nommenen Sittengemälden, an einfachen
Naturſcenen, ein Behagen finden, iſt
zu unſeren jetzigen Zeiten bey weitem die
unbeträchtlichſte. Die Mode, die heute
zu Tage beynahe in eben dem Maaße

den Zuſchnitt der Geiſtesproducte, wie
der Kleidertrachten beſtimmt, hat jenen
veralterten Geſchmack verdrängt. Es
iſt dem Leſer der moderneren Gattung
nicht ſowohl um Nahrung für Verſtand
und Herz, als um Beſchäftigung für
die Einbildungskraft zu thun. Nur das
Wunderbare, das Abentheuerliche, das
gräßlich Schöne hat für ihn Reitze. Er
will nicht unterhalten, er will in Erſtau-
nen geſetzt, er will nicht gerührt, er will
gewaltſam erſchüttert ſeyn. Ob dieſer
jetzt ſo allgemein beliebte Geſchmack ſeine
Exiſtenz einer zu großen Reizbarkeit,
oder zu großer Abſtumpfung der Orga-
nen zu danken hat, und woher es kömmt,
daß er mit der eben ſo allgemein herrſchen-
den Modekrankheit unſeres Zeitalters —
der täglich mehr und mehr überhand neh-
menden phyſiſchen und moraliſchen Ner-

venschwäche — gleichen Schritt hält,
dies mögen Aerzte und Psychologen näher
beprüfen. — Man wird mich freylich
tadeln, daß ich es gewagt habe, einen alt-
fränkschen, zum Theil ganz aus der Mode
gekommenen Roman nun gar für die
Bühne zu bearbeiten, ja ich muß beynahe
selbst besorgen, daß unsere heutige Thea-
terliebhaber den Blick — wie der Ro-
manverfasser in seiner Vorrede sagt —
verächtlich von dem friedlichen Camin-
feuer des ehrlichen Dorfpredigers abkeh-
ren, an seiner harmlosen Conversation
nur wenig Gefallen finden werden. Und
wirklich hätte mich sowohl diese Besorg-
niß als vorzüglich auch die Schwierigkeiten, die sich der dramatischen Bearbeitung eines jeden Romans — und wäre
er auch der beliebteste des Tages — entgegen stellen, von meinem Vorhaben ab-

halten sollen. — Ich gestehe aber auch,
daß ich nicht ohne Schüchternheit mit
dem gegenwärtigen Schauspiel ans Licht
trete. Zwar war es bey seiner Entstehung nicht zum Druck bestimmt, ich
verfertigte dieses, wie mehrere meiner
noch ungedruckten, und in meinem Pult
eine vollständigere Reise abwartenden
Theaterproducte, blos zum Gebrauch der
hiesigen Bühne. Das vielleicht zu par-
theyische Urtheil einiger critischen Freunde, denen ich das Manuscript lesen ließ,
und die nicht ungünstige Aufnahme, die
meinem Dorfprediger bey der öffentlichen
Vorstellung zu Theil ward, verleiteten
mich zu einer Autorsünde, für die ich
zwar keine Entschuldigung weis, die aber
nun leider einmal unter den schreibenden
Adamskindern mehr denn zu gewöhnlich
ist, und der auch ich, meinem anfänglichen

Vorsatz zuwider, unterlag. Die Mängel
und Gebrechen eines, meiner eigenen Ueberzeugung nach, ohne genugsame Feile zur
Presse beförderten Products verkennen,
oder sie gar vertheidigen wollen, würde
Thorheit seyn. Wohl aber darf und muß
ich mich über die Abänderungen rechtferti-
gen, die ich mir bey der dramatischen Be-
handlung meines Romans gegen diesen
erlaubt habe. Daß es mir wohl nicht
einfallen konnte, ein vollständiges histo-
risches Gemälde des ganzes Romans auf-
stellen zu wollen, und daß diese Arbeit,
selbst bey der glücklichsten Ueberwindung
der damit verknüpften Schwierigkeiten,
vielleicht noch weniger, als die gegen-
wärtige, für die Bühne brauchbar geworden seyn würde, wird wohl jedem,
der irgend mit den Regeln der Kunst vertraut ist, ohne mein Zuthun einleuchten.

Die Unfälle und Leiden mancher Art, die
der guten Familie des Dorfpredigers aus
der Bekanntschaft mit dem Lord Thorn=
hill erwachsen, schienen mir unter den vie=
len im Roman vorkommenden Begeben=
heiten diejenigen zu seyn, in denen das
mehreste dramatische Interesse liegt. Ich
habe vorzüglich aus diesen den Stoff zu
meinem Schauspiel hergenommen. Mein
Plan ist hiernach gewissermaßen aus lau=
ter abgerissenen Bruchstücken zusammen=
gesetzt. Wenn man hierauf und auf den
eingeschränkten Zeitraum, den die Bühne
gewährt, Rücksicht nimmt, so dürfte schon
dies allein mir zur Entschuldigung gerei=
chen, wenn ich nicht überall dem Roman
treu geblieben bin. Ich hatte aber auch
noch andere Gründe vor mir, warum ich
von diesem abwich. Wer den Roman
kennt, weis, wie wichtig die Rolle ist,

die der Lord Thornhill in diesem spielt.
Und so konnte ich ihn denn auch aus meinem Schauspiel eben so wenig herauslas-
sen. Nur habe ich es nicht über mich
erlangen können, diesen schändlichen Bösewicht in derselben scheußlichen Gestalt,
in der er im Roman erscheint, auf der
Bühne auftreten zu lassen. Die uner-
hörten Schandthaten, die dieser vornehme Bube nach dem Roman begeht, sind
warlich von der Art, daß man sich selbst
beym Lesen kaum des Abscheues erwehren
kann. Und nun urtheile man von ihrer
theatralischen Wirkung. Nach meinen
Begriffen darf die Bühne unbedingt
Anstand und Sittenschonung fordern.
Zwar müssen beyde dem Romanschreiber
nicht minder heilig seyn. Welch ein him-
melweiter Unterschied aber zwischen Lesen
und Vorgehensehen, zwischen Romaner-

zählung und Theaterdarstellung! Wenn
ich hierauf bey der dramatischen Behand-
lung meines Romans Rücksicht genommen habe, so wird man mich hoffentlich
nicht tadeln. So sehr ich auch den Character des Lords Thornhill zu mildern be-
müht gewesen bin, so ist er deshalb warlich kein Heiliger geworden. Ich habe
ihm von seiner schwarzen Seite nur gerade so viel genommen, als nöthig war,
wenn sein Anblick nicht offenbar empö-
ren, seine am Ende erfolgte Rückkehr
nicht in schaale Theaterbekehrung ausar-
ten sollte. In dem Roman erfolgt diese
Rückkehr nicht. Mir schien sie auf der
Bühne nothwendig. Der Romanver-
fasser vermied sie, weil er nicht gegen den
Character verstoßen, nicht die poetische
Gerechtigkeit verletzen — ich bewirkte
sie, weil ich nicht auf moralische Genug-

thuung Verzicht leisten wollte. Dies ist
der Standpunkt, von dem ich jedesmal
ausgieng, so oft ich von dem Roman abwich, und nur von diesem aus muß ich
meine, gegen den Roman vorgenomme-
nen Abänderungen zu beleuchten bitten,
wenn ich nicht schief beurtheilt werden soll.
Mich über jede dieser Abänderungen ins-
besondere auszulassen, würde wohl offenbar zu weit führen. Für den Leser, der
den Roman nicht kennt, würde dieses
Detail ohnehin zwecklos, für denjenigen,
der ihn gelesen hat, überflüßig seyn. Ich
will mich dahero auch blos darauf ein-
schränken, einige der vorzüglichsten zum
Theil abgeänderten, zum Theil neu hin-
zugedichteten Eräugnisse, zu berühren.
Die Art und Weise, wie Oliriens Entführung, ihre Rückkehr zu den Eltern, der
unglückliche Brand, die Gefangenneh-

mung des Dorfpredigers, seine Befrey-
ung vor sich geht, gehören zu der ersten,
die Erscheinung des Dorfpredigers auf
dem Schlosse des Lords, so wie überhaupt
alles, was in dem dritten Act des Schau-
spiels vorgeht, und dann auch, die Art,
wie die Reue des Lords erfolgt, zu der
letzten Gattung. Charactermäßigung des
Lords, Motivirung und Vorbereitung seiner Reue, Aufrechthaltung von Oliriens
Unschuld, gaben zu dem, was ich abän-
derte, die Verbindung des Ganzen, zu
dem, was ich hinzudichtete, die Veran-
lassung. Der Brand kommt in dem Roman gewissermaaßen nur als Episode vor,
hat dort auf die Thornhillsche Geschichte
wenigstens keine Beziehung. Mir schien
er als Eräugniß, das eine der schönsten
Tugenden des Dorfpredigers, Muth im
Unglück, in ihrem vollsten Glanze zeigt,

wichtig. Ich habe ihn nicht blos als Episode genutzt, sondern vielmehr innigst in die Haupthandlung verwebt. Im Roman entsteht er durch einen unbekannten Zufall, in meinem Schauspiel durch die Unvorsichtigkeit des Lords. So ward er mir in zwiefacher Absicht Mittel, das Interesse des Ganzen zu verstärken, und daß er auf der Bühne nicht ohne Wirkung bleibt, davon habe ich mich bey der Vorstellung überzeugt. — Nur noch ein paar Worte über den Hauptcharacter des Stücks, und über die Rolle des Jekinson. Ich fühle es nur mehr denn zu sehr, daß ich bey der dramatischen Bearbeitung jenes seltenen, originellen Characters weit hinter dem Roman zurückgeblieben bin, nur höchstens skizzirt; bey weitem nicht ausgemalt habe. Größe in Widerwärtigkeiten ist vielleicht nur der einzige Cha-

racterzug meines Helden, den ich einiger-
maaßen auszuführen im Stande gewesen
bin. Seine frohe Laune, seine Herzlichkeit im Umgange mit Freunden und Haus-
genossen, die Eigenheit seiner Denkungs-
art über manche Gegenstände, diese, wie
hundert andere kleine Züge, durch die er
im Roman so innigst anzieht, wird man
in meinem Schauspiel wohl allerdings
vermissen. Wenn man indessen den aus-
gedehnten Zeitraum, den der Romanver-
fasser vor sich hat, mit der Spanne Zeit,
auf die der Theaterdichter sich einschrän-
ken muß, vergleicht, wenn man erwägt,
daß der erste die Lebensgeschichte seines
Helden, der letzte die Begebenheit eines
Tages liefert, so darf ich wohl einige
Nachsicht erwarten. Das was ich über
die Rolle des Jekinson zu sagen habe,
geht lediglich den Schauspieler an, dem

diese Rolle etwa zufällt. Nicht aus einem unbescheidenen Mißtrauen in irgend
jemandes Einsicht; sondern weil ich be-
sorge, daß ich den Ton dieser Rolle vielleicht nicht deutlich genug angegeben habe, will ich einer etwannigen Mißdeu-
tung durch nähere Erklärung vorzubeu-
gen suchen. Meine Absicht war, einen
feinen verschmißten und zugleich kühnen
Betrüger, einen determinirten Wage-
hals, der sich dadurch, daß er nur immer
auf große ungewöhnliche Unternehmungen ausgeht, von dem alltäglichen Spitz-
buben auszuzeichnen sucht, auf die Bühne
zu bringen. Der Anstrich von humori-
stischer Laune, den ich dieser Rolle gegeben habe, könnte vielleicht einen und den
andern Schauspieler verleiten, sie ganz
und gar komisch behandeln zu wollen.
Dies muß ich, wenn die Ausführung ir-

gend meiner Idee entsprechen soll, ver=
bitten. Jekinsons Ton sey trocken und
derb; sein Anstand fest und entschlossen;
seine Mine listig und beobachtend, sein
Geberdenspiel einfach und bestimmt.
Sein Aeusseres darf zwar das, was man
im gemeinen Leben einen durchtriebenen
Schelm nennt, keinesweges aber den ge=
wöhnlichen Lustigmacher verrathen. ――
So habe ich mir die Rolle gedacht, so
muß ich sie zu nehmen, vor allen Dingen
aber, Humor ja nicht mit Posse zu ver=
wechseln bitten. ―― Der Anzug zu die=
ser, wie zu den übrigen Rollen, bedarf
keiner besondern Angabe. Man ziehe
den Roman zu Rath und die Wahl wird
nicht schwer fallen.

Der
Dorfprediger.

Ein Schauspiel in fünf Aufzügen.

A

Personen.

Doctor Primrose, Dorfprediger.

Frau Primrose, seine Ehegattin.

Olivie.

Sophie.

Moses, etwa 15 Jahr alt.

Richard, ein Knabe von 8 Jahren.

Wilhelm, ein Knabe von 6 Jahren.

} Kinder des Dorfpredigers.

Lord Thornhill.

Herr Burchel.

Jekinson.

Baxter.

Sinkins, Verwalter und Haushofmeister des Lords.

Ein Gerichtsdiener.

Ein Gefangenwärter.

Jäger des Lords.

Ein alter Bauer.

Einige Bauern und Bäuerinnen.

Erster Aufzug.

Scene in der Wohnung des Dorfpredigers. Das Zimmer ist schlecht und altväterisch möblirt. Im Hintergrunde ein Camin. Neben diesem ein großer mit Leder ausgepolsterter Lehnstuhl. Mehrere mit Leder beschlagene Stühle. Ein alter runder Spiegel mit schwarzen Rahmen. Ein paar alte Familienportraits. Im Vordergrunde ein schlechter Tisch u. s. w. Zwey Thüren, wovon die eine zu dem Schlafzimmer, die andere zum Vorhause führt.

Erster Auftritt.

Frau Primrose. Olivie. Sophie. Moses, hernach Richard und Wilhelm.

Frau Primrose noch im Nachtanzuge, steht vor dem Tisch und hat ein angeschnittenes Brod, eine zinnerne Butterbüchse und etwas kalten Braten vor sich. Sie ist damit beschäftigt ein Frühstück zu bereiten, das sie Moses auf die Reise mitgeben will. Moses steht mitten im Zimmer. Olivie macht ihm die Halsbinde zurecht. Sophie bürstet ihm den Rock aus.

Frau Primrose.

Fördert euch Mädchen. Fördert euch. Für den Jahrmarkt ist ja das lang' gut.

Olivie indem sie ihn umdreht und seinen Anzug nachsieht. So — Nun ist unser Moses
fix und fertig.

Sophie. Und was bekommen wir nun,
daß wir dir die Haare gekräuselt und dich so
schön geputzt haben?

Moses indem er sie beyde küßt. Ein Mäulchen — Ein Mäulchen, und das recht von
Herzen.

Frau Primrose indem sie ihm das Frühstück, das sie in Papier gewickelt hat, giebt. Da,
Moses, steck das zu dir.

Moses indem er ihr die Hand küßt und das
Frühstück in die Tasche steckt. Dank — Dank,
liebe Mama.

Frau Primrose. Und hübsch die
Hand darauf gehalten, wenn du ins Ge-
dränge kommst, damit sie es dir nicht aus der
Tasche ziehen. Olivie und Sophie setzen sich zur
Arbeit. Sie sind mit einem Kleideraufsatz beschäftiget.
Und da habt ihr doch was vergessen. Indem
sie ihm den Rock mit Nadeln aufsteckt. So —
sonst werden die Schöße beym Reiten be-
schmuzt.

Moses. Ach liebe Mama. — Der Rock reicht mir ja so nicht bis an die Kniee!

Frau Primrose indem sie ihm auf der andern Seite ebenfalls den Rock aufsteckt. Immer will das Ey klüger seyn, wie die Henne.

Richard und Wilhelm kommen spielend und springend aus dem Nebenzimmer. Wilhelm mit einem Bande im Munde als Pferd voraus. Richard mit einer kleinen Peitsche, indem er den Bruder vor sich her treibt. Hop — Hop — Hop!

Frau Primrose indem sie nach dem Nebenzimmer geht. Was die Jungens für ein Lärm machen!

Richard indem beyde anhalten. Potz tausend, Moses, du bist ja geputzt wie ein Bräutigam.

Wilhelm. Du bist recht ausstaffirt, Moses — wo soll es denn hin?

Moses. Auf den Jahrmarkt — Auf den Jahrmarkt.

Richard. Ach wenn wir da mit dürften — Beyde im Kreise herum. Hop — Hop — Hop — Hop! Und so immerfort bis die Mutter ihnen zuruft.

Frau Primrose indem sie aus dem Nebenzimmer kommt und Moses eine Schachtel giebt. Hier ist die Schachtel zu den Gewürzwaaren. — Still da Jungens. Man kann ja sein eigen Wort nicht hören. Die Knaben batzten an. Ihr könnt ja draußen spielen — Beyde zur Thüre nach dem Vorhause heraus. Hop — Hop. — Hop. Und hier indem sie ihm ein Papier giebt, habe ich aufgeschrieben, was du von jeder Sorte mitbringst.

Moses. Gut, gut, liebe Mama.

Frau Primrose. Und mach' deine Sachen nur ja gescheut. Unter drey Guineen schlägst du den alten Blissen nicht los, hörst du?

Moses. Ey das versteht sich so wohl.

Frau Primrose. Und daß du dich nur immer hübsch an unsern Nachbar Flamborough hältst, und ihn ja zu Rath ziehst, besonders beym Einkauf.

Moses. Ich werde, ich werde liebe Mama.

Frau Primrose. Und hör nur Moses. Wenn du einen guten Handel machst,

so fieh dich doch um, ob du nicht einen Gelds
beutel von Wiefelfell auftreiben kannft. —
Ich hab mir längft einen gewünfcht, der foll
Glück bringen fagt man.

Olirie. Und für uns bringft du ein
Gläschen wohlriechend Waffer mit. Und
das vergiß ja nicht, Mofes.

Sophie. Aber nur fo, daß es der
Papa nicht erfährt. Sonft fchilt er.

Mofes zur Mutter, indem er ihr die Hand
küßt. Nun Adies, liebe Mama. — Adies
Schwestern.

Frau Primrose. Reif' mit Gott,
mein Sohn. —

Olirie und Sophie zu gleicher Zeit.
Glück zu, Mofes, Glück zu! Komm gefund
wieder heim. Mofes ab.

Zweyter Auftritt.

Frau Primrose. Olivie und Sophie.

Frau Primrose indem, sie sich niedersetzt und ein Strickzeug vornimmt. Ich denke immer, Kinder, es wird sich heute Nachmittag ein Gast bey uns einfinden. Und nun rathet einmal, wer das wohl seyn kann.

Sophie lebhaft. Herr Burchel vielleicht. Er ist auch schon in einigen Tagen nicht hier gewesen.

Frau Primrose. Ey denkt doch! Bangt dich etwa schon nach ihm?

Sophie. Je nun, liebe Mama, wir haben ihn ja alle lieb.

Frau Primrose. Und was meinst du, Olivie? Weißt du nicht auch jemand, der schon lange nicht hier gewesen ist?

Olivie verschämt. Ich, liebe Mama?

Frau Primrose. Ueber das Geziere. Du bist doch wahrhaftig ein sonderbares Mädchen, Olivie, und gerade das Gegen-

theil von deiner Schwester. Die hat das
Herz immer auf der Zunge und du immer
unter dem Schlosse, und das selbst gegen
deine Mutter, die es doch so gut mit dir
meint.

Olirie. Sie irren sich, liebe Mama,
wenn Sie das glauben. Aber vermuthen
Sie etwa, daß der Lord Thornhill herkommen wird?

Frau Primrose. Nun endlich ———
Freylich vermuthe ich es ——— Seine Jäger
ritten heute früh hier durch. Er jagt hier
in der Nähe. Und du wirst dich doch wohl
nicht zu Tode grämen, wenn er her kommt,
he?

Olirie. Ach, liebe Mama, ich zweifle
noch immer, daß er ernsthafte Absichten hat,
und wüßte ich, daß das nicht wäre, ich
wünschte ich lieber, daß er weg bliebe.

Frau Primrose. Es ärgert mich
selbst, daß er so zurückhaltend ist. Ich kann
das für den Tod nicht ausstehen, wenn ein
Freyer immer so wie die Katze um den Brey,
herum geht. Aber nur Geduld, ich weiß

ſchon ein Mittel, wie ich ihn zur Sprache
bringen werde.

Olirte. Und dann wiſſen Sie ja ſelbſt,
wie mein Vater gegen ihn geſonnen iſt.

Sophie. Ja, der ſieht ihn freylich
lieber gehen als kommen.

Frau Primroſe. Weil ihm dein guter Freund, Herr Burchel, ein Mißtrauen
gegen ihn beygebracht hat. Und da werde
ich ihm noch einmal derb den Text darüber
leſen, wenn ich ihn allein ſprechen werde.

Sophie. Immer muß der arme Bur-
chel herhalten, und er thut doch keinem Kinde
was zu Leid.

Frau Primroſe. Miſcht ſich aber
ſeit einiger Zeit in Sachen, die ihn nichts
angehen, und das kann ich nicht leiden —
Auch neulich, wie da von den beyden Dames die Rede war, die auf die Empfehlung
unſeres guten Lords die Güte haben wollen,
euch dieſen Winter zu ſich nach London zu
nehmen — Hatte er da nicht tauſend und
tauſend Bedenklichkeiten?

Sophie. Er rieth ja blos, Sie möch=
ten sich nicht übereilen, er würde sich erst
näher erkundigen und Ihnen Nachricht brin=
gen. *Doctor Primrose tritt ein.*

Frau Primrose. Stille Mädchen!
Der Vater kommt.

———

Dritter Auftritt.

Doctor Primrose. Die Vorigen.

Doktor Primrose. Ist unser Mo=
ses schon fort?

Frau Primrose. Nicht gar zu lange,
mein Schatz.

Doctor Primrose *indem er Hut und
Rock ablegt.* Wir wollen uns heute einen fro=
hen Tag machen, Kinder. Das Wetter ist
schön und das müssen wir nutzen. Wie wäre
es, Alte, wenn wir unser Mittagsbrod
draußen in der Laube verzehrten?

Frau Primrose. Wenn du meinst,
mein Schatz.

Doctor Primrose. Vielleicht kommt unterdessen unser Nachbar Flamborough mit Moses vom Jahrmarkt zurück. Du giebst dann eine Flasche von deinem Johannisbeerenwein zum Besten, Olivie nimmt ihre Laute, Sophie singt uns ein Liedchen, und da wollen wir recht fröhlich seyn. Nicht wahr Mädchen? ————

Sophie. Das wollen wir, lieber Papa.

Doctor Primrose indem er zu ihnen geht. Und was habt ihr denn da für eine Arbeit vor? Indem er die Arbeit der Töchter untersucht, sanft verweisend. Liebe Olivie — Liebe Sophie — wozu nun das wieder? —

Olivie. Lieber Papa, blos von unserm ersparten Taschengelde.

Doctor Primrose. Was ihr wahrlich nicht übler anwenden konntet.

Sophie. Es ist ja nur das bischen Band und Flor. Das andere ist ja alt.

Doctor Primrose. Ihr wißt, wie herzlich gram ich alle dem Puppentand bin.

Frau Primrose. Je du lieber Gott, mein Schatz. Die Mädchen haben ja so nichts rechtes auf dem Leibe — und ich dächte, du solltest es selbst gerne sehen, wenn sie ein wenig ordentlich und reinlich einher gehen.

Doctor Primrose. Reinlich so viel sie immer wollen, und ich werde sie dann nur um desto lieber haben. Aber das ist nicht Reinlichkeit. Das ist Flitterstaat, lieben Kinder, der sich für arme Mädchen, wie ihr seyd, nicht schickt. — ich weiß nicht einmal, wie gut dergleichen buntes Gefieder den Reichen ansteht. Aber das weiß ich wohl, daß ich immer weinen möchte, wenn ich bedenke, daß die Blöße der Armen von dem überflüßigen Putzwerk der Reichen bekleidet werden könnte.

Frau Primrose. Du bist auch wahrlich gar zu strenge, mein Schatz — Aber ehe ich vergesse, indem sie aufsteht und die Arbeit niederlegt, vertraulich, weißt du auch wohl, daß wir heute vielleicht einen vornehmen Besuch bekommen werden?

Doctor Primrose. Doch wohl nicht etwa Lord Thornhill.

Frau Primrose. Ich weiß es zwar nicht gewiß, aber er jagt heute hier in der Nachbarschaft, wie ich höre.

Doctor Primrose. Die unangenehmste Nachricht, die du mir nur geben konntest, liebe Deborah. Ich dachte den heutigen Tag recht froh mit euch zuzubringen — Nun ist es damit vorbey.

Frau Primrose. Aber sag' mir nur, mein Schatz, warum du nun gegen den Lord so eingenommen bist? Ich halte ihn doch für einen der artigsten Herren, der mir je vorgekommen ist.

Doctor Primrose. Magst du von ihm halten, was du immer willst. Ich gesteh dir, daß mir seine häufigen Besuche herzlich zuwider sind — Laß uns immer bey Bekanntschaften bleiben, liebe Deborah, die unserm Stande angemessen sind. Ungleiche Verbindungen nehmen immer ein Ende mit Mißvergnügen.

Frau Primrose. Und hat er sich nicht seit dem ersten Besuch, mit dem er uns beehrte, als unser großmüthigster Gönner gezeigt?

Doctor Primrose. Alles wahr, meine Liebe — Aber —

Frau Primrose. Haben wir es nicht blos seiner Empfehlung zu danken, daß die beyden vornehmen Dames in London unsere Töchter zu sich nehmen wollen?

Doctor Primrose. Was ich von diesem Vorschlage halte, weißt du.

Frau Primrose. Hat er uns nicht, ohne daß wir nur einmal darum baten, ein Anlehn von 100 Pfund zum Ankauf der Officierstelle für unsern ältesten Sohn gegeben?

Doctor Primrose. Ich wollte, ich hätte diese Hülfe nie angenommen. Sie ist mir als Schuldenlast und als Wohlthat gleich drückend — Ich war thöricht genug, das für Großmuth zu halten, was vielleicht aus ganz anderer Absicht —

Frau Primrose.   Je nun, was seine
Absichten betrifft — so fange ich freylich
selbst an zu glauben, daß er welche auf Ollt
vie hat — Und wenn dem nun so wäre —

Doctor Primrose.   Soll ich dir met
ne offenherzige Meinung sagen, liebe Debos
rah? Ich kenne nichts verächtlichers, als
einen Mann, der nach Glück jagt. Wenn
ich aber gar Weiber sehe, die darauf Jagd
machen —

Frau Primrose.   Nun — Ist es
denn etwa so unmöglich? — Ereignen sich
nicht täglich die seltsamsten Dinge — Ich
sehe denn doch wahrhaftig nicht ein, warum
unsere Töchter nicht eben so gut vornehme
und reiche Männer bekommen sollen, als die
beyden Miß Winkler.

Doctor Primrose lächelnd. Nun freys
lich und ich auch nicht, warum wir nicht eben
so gut 1000 Pfund in der Lotterie gewinnen
sollen, als der ehrliche Williams hier in der
Nachbarschaft.

Frau Primrose.   Du wirst mich auss
lachen, das weiß ich wohl, denn du hältst

nun einmal nichts auf Träume — Aber ich kann es dir betheuren, daß ich nun schon volle vier Wochen und zwar eine Nacht wie die andere einen Sarg mit kreutzweise geleg= ten Todtenbeinen vor mir sehe.

Doctor Primrose halb lachend und halb ärgerlich. O! — O! — O! — O!

Frau Primrose. Und da magst du nun sagen was du willst, das bedeutet eine nahe Hochzeit, das laß ich mir nicht ab= streiten.

Doctor Primrose wie zuvor. Ich bitte dich liebe Deborah. Burchel tritt mit Richard und Wilhelm ein, die ihn an der Hand führen.

———

Vierter Auftritt.

Burchel. Richard. Wilhelm und die Vorigen.

Richard und Wilhelm im eintreten. Hier bringen wir ihn — Hier bringen wir ihn —

B

Doctor Primrose indem er ihm die Hand schüttelt. Herzlich willkommen, lieber Freund.

Burchel. Gott segne Sie Doctor. Zu Frau Primrose indem er ihr die Hand reicht. Guten Tag, liebe Frau.

Frau Primrose. Ihre Dienerin, lieber Herr Burchel.

Burchel zu den Töchtern. Wie geht es meiner guten Olirie? und meiner lieben Sophie? zu allen Freunde, ich komme diesmal um wieder zu gehen.

Doctor Primrose. Ich will nicht hoffen —

Richard der eben einen Stuhl bringt, traurig. Du bleibst nicht bey uns?

Wilhelm zu gleicher Zeit. Willst wieder fort?

Burchel. Mein Vorsatz war erst, diesen Nachmittag bey Ihnen einzusprechen — Ich muß noch zuvor nach Wilmsstreet — habe da dringende Geschäfte und hätten mich nicht meine kleinen Freunde hier auf dem Felde geweglagert und mit sich herein gezogen —

Frau Primrose. Je du lieber Gott — wollen Sie nicht wenigstens ein bischen frühstücken — So gut ichs habe — Ein wenig Butterbrod — Ein wenig —

Burchel. Herzlichen Dank — herzlichen Dank, gute Frau — Das will ich Ihnen denn doch nur gleich sagen, daß ich wegen des bewußten Antrages der beyden Dames in London, Erkundigung eingezogen habe.

Frau Primrose: Und haben sich denn doch nun selbst überzeugt, daß es ein Glück für unsere Töchter ist.

Burchel indem er mit den Achseln zuckt. Gerade das Gegentheil, ich gestehe es ihnen ohne Rückhalt.

Frau Primrose ärgerlich für sich. Hab' ichs nicht gedacht?

Doctor Primrose. Mir hat der Vorschlag immer nicht gefallen wollen — Aber meine liebe Deborah hier —

Burchel. Wenn Ihnen das Wohl, Ihrer Kinder lieb ist, so weisen sie den Antrag von Sich — ich bitte — ich beschwöre

Sie — weisen Sie ihn von Sich — ich
habe meine sehr guten Gründe, warum ich
Ihnen so und nicht anders rathen kann —
ich muß sie indessen vor der Hand noch ge=
heim halten — Auf Wiedersehen, Freun=
de — ich habe Eile — diesen Nachmittag
bin ich wieder bey Ihnen. will ab.

Richard und Wilhelm indem sie sich
an ihn schmiegen. Wir lassen dich nicht fort.

Burchel. Wie wäre es, wenn Sie
mir meine kleinen Leutchen mit nach Wilms=
street gäben — Es ist ja nur über Feld. —

Richard und Wilhelm sehr froh.
O ja — O ja — Lassen Sie uns doch mit
ihm. —

Frau Primrose. Je du lieber Gott
indem sie den Anzug der Kleinen in Eil in Ordnung
zu bringen sucht. In den schlechten Jacken —
die Haare hängen um den Kopf — die
Strümpfe nicht ordentlich aufgebunden.

Burchel indem er die Kleinen bey der Hand
nimmt. Lassen Sie doch die Toilette auf ein
andermal — Kommt Kinderchen, kommt
— Aber ihr müßt auch brav zutraben —
ich gehe schnell.

Richard. Und Du mußt uns auch unterweges ein Mährchen erzählen.

Wilhelm. Das vom Ritter Peter mit den silbernen Schlüsseln.

Burchel im Abgehen. Ja — Ja — Kommt nur — Kommt nur — ab.

Fünfter Auftritt.

Doctor Primrose. Frau Primrose. Olirie und Sophie.

Doctor Primrose. Nun da siehst du doch meine Liebe, daß meine Besorgnisse nicht ungegründet waren.

Frau Primrose. Wie, mein Schatz! du willst dich also wirklich durch die Reden des Mannes irre machen lassen? — willst unsern gütigen Lord, willst zwey der ersten Dames in London vor den Kopf stoßen?

Doctor Primrose. Sobald das Wohl oder wohl gar die Ehre meiner Kinder Gefahr läuft, müssen alle Nebenbetrachtungen weichen.

Frau Primrose. Und kann ihnen wohl eine größere Ehre wiederfahren, als wenn sie in, ein vornehmes Haus kommen, wo sie in der Artigkeit — in der feinen Lebensart zugestutzt werden — wo sie —.

Doctor Primrose. Reinigkeit der Sitten — Unschuld des Herzens — das ist die einzige feine Lebensart, die ich meinen Töchtern wünsche, und diese werden sie warlich nirgends in einem höhern Grad, als in dem Hause ihrer Eltern antreffen.

Frau Primrose. Herr Burchel hätte mit seinem einfältigen Geschwätz immer zu Hause bleiben können — wenn wir guten Rath nöthig haben, sollten wir ihn billig bey Personen suchen, die selbst welchen anzunehmen gewöhnt sind.

Doctor Primrose. Und wenn er denn nun auch nicht immer selbst guten Rath befolgt hätte, sollte er deshalb minder im Stande seyn, uns welchen zu ertheilen — Kennen wir ihn nicht alle von der schätzbarsten Seite?

Frau Primrose. Nun ja, als einen Mann, der sich, wie er selbst bekennt, durch

thörichte Ausgaben um sein Vermögen, ge=
bracht hat.

Doctor Primrose. Dafür ist Dürf=
tigkeit seine Strafe, dein Tadel aber lieb=
los und strenge. Du scheinst zu vergessen,
was wir dem Manne schuldig sind. — Ohne
ihn hätten wir unsere gute Sophie nicht
mehr.

Frau Primrose. Nun freylich, da
muß ich dir Recht geben, mein Schatz. —
Das war wirklich ein großer Liebesdienst —
Wär er nicht damals, wie das Mädchen in
den Fluß fiel, so geschwind bey der Hecke
gewesen, so hätte das unschuldige junge
Blut in seinen Sünden umkommen müssen.
— Ist es denn aber nicht die Pflicht und
Schuldigkeit eines jeden guten Christen, sei=
nem Nächsten in der Noth beyzustehen? Und
wenn man nun noch dazu so perfect schwim=
men kann, als Herr Burchel, so ist es denn
auch keine so große Sache —

Doctor Primrose. Nicht so, liebe
Deborah — Undank ist das schwärzeste La=
ster auf dem Erdboden.

Frau Primrose. Und bin ich denn undankbar? Genießt er nicht alles liebe und gute in unserm Hause? — Setze ich ihm nicht immer das Beste vor, das ich nur bey der Seele habe? Bot ich ihm nicht nur noch heute gleich ein Frühstück an, wie er kaum in die Stube trat? — Kann man mehr thun, als wenn man das bischen Brod, das einem unser Herr Gott giebt, mit seinem Nebenmenschen theilt?

Doctor Primrose. Man kann allerdings mehr thun.

Frau Primrose. Nun das möchte ich doch wahrhaftig wissen.

Doctor Primrose sanft verweisend. Wenn man sich dessen nicht berühmt — Aber liebe Deborah — wir haben heute unsern kranken Nachbar noch nicht besucht. Wollen wir nicht auf einen Augenblick zu ihm — Er wird sich nach uns sehnen.

Frau Primrose. Herzlich gern, mein Schatz. Zu den Töchtern. Und daß ihr nur ja nicht vergeßt, den alten lahmen Tobias satt zu machen, wenn er unterdessen herkommt.

Doctor Primrose der unterdessen Huth und Stock genommen, mit vieler Herzlichkeit. Deine Hand, Deborah — Du bist ein treffliches Weib — Glaub doch nur, daß ich deine Tugenden ehre, wenn ich gleich zuweilen deine Meynungen bestreite.

Frau Primrose im Abgehen. Ja ja, wenn es ans Disputieren geht, da muß ich immer Unrecht haben, das weiß ich wohl.

Beyde ab.

———

Sechster Auftritt.

Olivie und Sophie erst allein, hernach Lord Thornhill.

Olivie. Siehst du? — Nun ist's mit unserer Londner Reise vorbey. Das hab' ich vorher gesehen, daß es so kommen würde.

Sophie. Ja ja, wenn man sich nur erst auf eine Sache freut, dann wird gemeins hin nichts daraus. Aber wer wird gleich den Kopf hängen, wenn es nicht immer nach Wunsche geht?

Olirie. Wärst du nur an meiner Stelle, liebe Sophie, du würdest gewiß anders sprechen.

Sophie. Sey doch aufgeräumt, du weißt ja, wer heute herkommt.

Olirie. Ach schweig — Es wäre vielleicht besser, wenn ich ihn nie gekannt hätte.

Sophie. Ueber das ewige Lamento — wenn ich doch nur in der Welt wüßte, wie ich es anstellen sollte, dich ein wenig aufzuheitern. Weißt du was? indem sie die Arbeit niederlegt. Wir wollen einmal unser Orakel um Rath fragen sie hebt das Küssen vom Lehnstuhl auf und nimmt Karten hervor: Sieh nur hier wo ich es verwahrt habe.

Olirie. Ach was sollen die Possen, liebe Sophie?

Sophie indem sie sie bey der Hand nimmt. So komm doch nur, du glaubst nicht, was ich dir für schöne Sachen erzählen werde. — Sie setzt Stühle an den Tisch. Setz dich nur her.

Olirie. Ach laß doch das. — Ich bin heute ohnehin nicht dazu gestimmt.

Sophie indem sie die Schwester hinzieht. Setz dich doch nur her, sag ich dir — indem sie die Karten mischt. Erst werde ich für dich lesen, und hernach für meine Wenigkeit — Lord Thornhill tritt ein und nähert sich unvermerkt. Jetzt nur abgehoben — Olirie hebt ab. Die Coeur Dame bist du und der Coeur Bube — wer der ist, das weißt du so wohl.

Olirie lachend. Närrisches Mädchen. —

Sophie indem sie die Karte legt. Jetzt gieb acht — Au weh, Au weh! der Anfang taugt nicht — das verwünschte Pik As — aber es wird bald anders kommen. Nur Geduld — Ja, so laß ich es gelten — Ey Ihre Dienerin Miß Olirie — Und so wahr ich lebe, Seine Herrlichkeit der Lord Thornhill ihr auf dem Fuße nach — O die allerliebsten Närrchen, stehen sie nicht neben einander wie ein paar Turteltäubchen — als wenn sie sich schnäbeln wollten. —

Lord indem er Olirie einen Kuß giebt. Getroffen, liebe Wahrsagerin — getroffen. Die Mädchen springen erschrocken auf. Verzeihen Sie Miß, wenn ich Ihnen einen Schreck verursacht habe — Aber ich will auf der Stelle des

Todes seyn, wenn ich nicht diesen Augenblick für den glücklichsten meines Lebens halte.

Olivie beschämt und verlegen. Hätten wir gewußt, Milord, daß Sie so nahe wären —

Sophie unbefangen. Ja wahrhaftig, Milord, wenn wir das gewußt hätten. —

Lord zu Sophie. Bloß die Wirkung Ihrer Kunst, schöne Zauberin — Haben Sie mich nicht ausdrücklich her citirt? — Der Coeur Bube kennt seine Schuldigkeit.

Olivie ernsthaft. Ich will doch nicht hoffen Milord, daß Sie uns behorcht haben.

Lord zärtlich. Zwar nur einen kleinen verstohlnen Blick in dieß liebe Herz — den ich aber nicht um eine Million vertauschen möchte.

Olivie ernsthaft. Ein bloßer Scherz Milord — Ich versichere Sie, ein bloßer Scherz —

Lord. Warum wollen Sie nun so grausam seyn und mir die süße Ueberzeugung rauben, die mir der Zufall, wenn gleich wider Ihren Willen, geschenkt hat; lassen Sie mich nicht länger vergebens flehen indem er sie in feine Arme schließt. Vollenden Sie mein Glück, einzige Olirie — Ein Wort, ein einziges Wort aus diesem schönen Munde. Sophie nimmt unterdessen die Karten weg und legt sie wieder unter den Lehnstuhl.

Olirie indem sie sich loszumachen sucht. Lassen Sie mich, Milord, ich bitte, lassen Sie mich. —

Lord. Umsonst — umsonst Miß, ich lasse Sie nicht, bis Sie mir nicht versprechen, die meinige zu werden.

Olirie. Ach Milord! Sie treiben nur Ihren Spott mit mir.

Lord. Können Sie an der Aufrichtigkeit meiner Gesinnungen zweifeln? — Verlangen Sie Beweise? — Noch heute sollen Sie welche haben. — Mein Vermögen — mein Herz — meine Person — alles ist Ihre, wenn Sie meine Liebe krönen.

Olirie. Sie kennen die Gesinnungen meines Vaters, Milord.

Lord. Leider — Leider — Aber ich gebe deshalb noch nicht die Hoffnung auf — Nur erst Ihr Ja und ich bin unaussprechlich

glücklich. Für sich.   Ich komme zum Zweck —
wenn ich sie nur erst hier heraus habe. Laut.
Nur Ihr Ja, Olirie.

Olirie.   Ihre Geburt und die meinige,
Milord —

Lord.   Was ist Geburt — was ist
Stand in den Augen der Liebe — Hören
Sie mich an, Miß — Ich will Ihnen einen
Vorschlag thun.

Frau Primrose erscheint.

Siebenter Auftritt.

Frau Primrose und die Vorigen.

Frau Primrose erschrickt wie sie den Lord
gewahr wird.   Ach — Ach — was sehe ich —
Se. Herrlichkeit.

Lord für sich.   Verwünschter Zufall —
Aber es wird gehen — Es wird gehen —
Indem er Frau Primrose entgegen geht.   Guten
Morgen — Guten Morgen, liebe Mama:

Frau Primrose verschämt, indem sie sich
die Schürze vor das Gesicht hält.   Ewr. Herrlich=
keit verzeihen — ich darf mich warlich kaum

sehen lassen — Hätte ich gewußt, daß Ewr.
Herrlichkeit —

Lord. Was für Umstände! — Sehen
Sie mich doch ein für allemal als einen Haus-
genossen an.

Frau Primrose. Ach du lieber Gott,
Ewr. Herrlichkeit — wir sind warlich so vieler Herablassung nicht werth — Und die
ungezogenen Mädchen haben Ew. Herrlichkeit nicht einmal zum sitzen genöthigt —
Einen Stuhl Mädchen, geschwind — Sophie
langt nach einem Stuhl Den Lehnstuhl — den
Lehnstuhl, einfältiges Ding —

Lord indem er sie abhält. Ich danke —
ich danke, liebe Frau — Schelten sie nur
nicht, daß ich so ohne Umstände hergekommen bin — Ich habe eine Jagdparthie hier
in der Nähe —

Frau Primrose. Sehr viel Ehre,
daß Ew. Herrlichkeit — Aber womit kann
ich aufwarten — Ein kleines Frühstück —
So gut ich's habe.

Lord. Sehr verbunden für alles —
ich kann mich ohnehin nicht aufhalten —

Meine Jäger warten — wohl aber bin ich
so frey mir diesen Nachmittag, wenn ich von
der Jagd zurückkomme, einen Thee bey Ihnen auszubitten.

Frau Primrose. Ach Ewr. Herrlichkeit — das ist ja die größte Ehre, die uns
nur wiederfahren kann.

Lord. Und bald hätte ich's schändlich
vergessen — Zu den Töchtern. Mein neuer
Phaeton ist fertig — Ich gelobte ihnen
neulich, Miß, daß ich keinen Fuß hinein
setzen würde, bis Sie ihn nicht eingeweiht
hätten — Mein Kutscher wird gegen die
Zeit, wenn ich von der Jagd zurückkomme,
hier seyn. —

Frau Primrose. Sehr viel Ehre
für meine Töchter Ewr. Herrlichkeit —
wenn es mein Mann nur erlaubt.

Lord lacht aus vollem Halse. Nun das wäre
denn doch bey meiner Ehre mehr als lächer-
lich — Jetzt muß ich eilen — Leben Sie
wohl — indem er sie bey Seite zieht. Ach Frau
Primrose — Ihre Olivie ist ein wahrer
Engel — je öfter ich sie sehe, je mehr be-

zaubert sie mich — Noch einmal, leben Sie wohl — Zu Olirie leise. Machen Sie mich endlich glücklich — Laut. Adieu, schöne Olirie — Zu Sophie. Adieu, schöne Wahrsagerin — Adieu. Sie begleiten ihn alle bis an die Thüre. Frau Primrose macht viele Umstände, will ihn noch weiter begleiten — Er läßt es nicht zu und eiligst ab.

* * *

Achter Auftritt.

Frau Primrose. Olirie und Sophie.

Frau Primrose äußerst froh. Der liebe — liebe Herr — dachte ich doch nicht, daß er uns so früh überraschen würde — Er ist doch die Leutseligkeit, die Güte selbst — indem sie Olirie bey der Hand nimmt. Und wenn du wüßtest, was er mir heimlich gesagt hat — du würdest wahrhaftig stolz seyn, Mädchen — Aber er sagte dir ja auch was ins Ohr — was war es denn?

Olirie verschämt. Ach! Mama — ich kann kaum glauben, daß es Ernst ist — Aber er war noch nie so dringend als heute.

C

Frau Primrose. Nur still — Nur still — Jetzt wird er sich bald deutlicher erklären — wer weiß, was diesen Nachmittag geschieht. — Der armseligen Tasse Thee wegen kommt er warlich nicht her — die hat er zehnmal besser zu Hause, als ich sie ihm vorsetzen kann — Ganz gewiß hat er Absichten — Aber hört nur Mädchen, wir müssen nun auch in der Geschwindigkeit Anstalt machen, den lieben Herrn ein wenig ordentlich aufzunehmen — Fürs erste —

Doctor Primrose tritt ein.

————

Neunter Auftritt.

Doctor Primrose und die Vorigen.

Frau Primrose ihm schnell entgegen. Wenn du wüßtest mein Schatz, was uns für eine Ehre wiederfahren ist — Unser gütige Lord Thornhill —

Doctor Primrose verdrießlich. Ich habe mich so eben mit ihm begegnet.

Frau Primrose. Und denk nur mein Schatz — Er will uns diesen Nachmittag, wenn er von der Jagd zurückkommt, auf eine Taffe Thee besuchen.

Doctor Primrose wie zuvor, im Auf- und Abgehen. Desto schlimmer.

Frau Primrose. Desto beffer mein Schatz — Laß mich doch nur erst auserzäh- len — du weißt ja gar nicht was vorgefal- len ist.

Doctor Primrose wie zuvor. Daß mir eure Verblendung — eure unfelige Ver- blendung herzlich mißfällt — das — das weiß ich leider.

Frau Primrose. Aber so laß dir doch nur fagen —

Jekinfon tritt auf.

———

Zehnter Auftritt.

Jekinfon und die Vorigen.

Jekinfon verkleidet, genau so wie Mofes im fünften Auftritt des zweyten Acts den Anzug angiebt. Indem er den Kopf in die Thüre steckt. Ist es er- laubt, meine gütigen Freunde —

Doctor Primrose ihm entgegen, in dem er ihn herein nöthigt. Mit wem habe ich die Ehre?

Jekinson. Verzeihen Sie meine Dreistigkeit — ich bin ein Reisender — Doctor Primrose langt in die Tasche nach einem Almosen. Sie irren sich, mein gütiger Freund — ich bin Gott sey Dank nicht in dem Fall — mich führt eine ganz andere Ursache her.

Doctor Primrose. Und darf ich fragen?

Jekinson. Sie sehen hier einen Mann vor sich, der nun schon einige Jahre blos aus Begierde sich zu unterrichten herum reist — vorzüglich suche ich die Bekanntschaft berühmter Gelehrten zu erhalten — Zu meiner unaussprechlichen Freude erfuhr ich ohnweit von hier, mit steigender Feyerlichkeit, daß der große Doctor Primrose, der herzhafte Vertheidiger der ersten Ehe, die Felsenveste Vormauer unserer Kirche, die ruhmvolle Säule der unerschütterten Rechtgläubigkeit sich hier aufhält — Blos um eine so ehrenvolle Bekanntschaft zu machen, nahm ich einen Umweg —

Doctor Primrose mit einigem Behagen. Es ist mir warlich schmeichelhaft, Sir! —

Frau Primrose. Kann ich Ihnen nicht mit einem Frühstück aufwarten? — Ich bitte doch nur zu befehlen —

Jekinson. Ich erstatte Ihnen meinen verbindlichsten Dank — Ach mein gütiger Freund, ich bin längst, wenn gleich nur im Stillen, ein Bewunderer Ihrer Schriften gewesen.

Doctor Primrose. Der Beyfall eines so würdigen Mannes. —

Jekinson. Und wenn gleich Ihre Streitschrift über die Zuläßigkeit der zweyten Ehe —

Doctor Primrose. Leider, leider, Sir, hat mir die viele Feinde zugezogen.

Jekinson. Lassen Sie Sich das nicht leid seyn, Sir — die Welt ist jetzt in ihrem kindischen Alter. Er sagt das folgende sehr schnell und mit vieler Geläufigkeit. Und doch hat die Kosmogonie, oder Entstehung der Welt, den Philosophen aller Zeit zu schaffen gemacht — Was für einen Mischmasch von Meynungen

haben Sie nicht von Erschaffung unsers Plas
neten ausgesonnen. — Sanchoniathon —
Manethon — Berosus — Ocellus Lucas
nus — der letzte sagt an einem Ort aus:
drücklich — Anarchon ara kai atelevtajon
to pan — doch, Sie wissen das ja besser,
als ich es Ihnen sagen kann — er reicht ihm
nochmals die Hand. Es freut mich warlich von
ganzem Herzen, Ihre Bekanntschaft zu mas
chen und noch mehr, daß ich künftig das
Glück genießen werde, Sie öfter und auf
längere Zeit zu sehen — ich habe mir vors
genommen, mich in der hiesigen Gegend nie:
derzulassen — habe mir einige Meilen von
hier ein kleines Gut gekauft und habe wirk:
lich heute den benachbarten Jahrmarkt blos
in der Absicht besucht, um einige Ackerpfers
de zu kaufen —

Frau Primrose. Schade, schade,
wir haben heute eines zum Verkauf hinges
schickt — ein recht brauchbares Thier ohne
allen Makel — weil es aber ein wenig alt
und auf einem Auge blind war —

Jekinson. Ich habe, die Wahrheit
zu sagen, nichts rechtes vorgefunden — obs

wohl ich es gewiß nicht auf das Geld anges
sehen hätte —— denn was meine Umstände
betrift, so sind die, Gott sey Dank ——

Doctor Primrose dem unterdessen seine
Frau etwas ins Ohr sagt. Du hast gar nicht
unrecht, mein Schatz —— Es ist mir auch
schon eingefallen —— laut. Ich habe wirk=
lich noch ein Ackerpferd übrig, wenn es Ih=
nen sonst anstünde —— und wir des Handels
einig werden könnten ——

Jekinson. Ach das wär ja recht er=
wünscht, mein gütiger Freund, da hätte
ich ja einen doppelten Vortheil von meiner
Herreise —— Lassen Sie es mich sehen ——
Lassen Sie es mich sehen; —— was irgend
einer im Lande zu geben im Stande ist, das
zahl ich warlich auch ——

Doctor Primrose indem er den Huth
nimmt. Ist's Ihnen gefällig ——

Jekinson. Mit Freuden, mit tausend
Freuden —— Beyde ab.

Elfter Auftritt.

Frau Primrose. Olixie und Sophie.

Frau Primrose. Da muß nun der fremde Mann auch herkommen, nun man gerade alle Hände voll zu thun hat — ich will nur gehen und mich in der Geschwindigkeit ein wenig zurecht machen — *Zu Sophie.* Du besorgst unterdessen das Mittagsessen — *Zu Olixie.* und du kannst nur gleich auf heute Nachmittag zum Thee von den kleinen Kuchen anteigen, die dem Lord neulich so gut schmekten — Und gieb dir doch nur recht viele Mühe, Mädchen, daß der Teig hübsch locker und daß die Kuchen hübsch braun und knorplig werden — damit du Ehre einlegst — denn ich werde dem Lord sagen, daß Du sie gebacken hast. *Frau Primrose geht in das Seitenzimmer, die Töchter nach dem Vorhause ab.*

Zweyter Aufzug.

Erster Auftritt.

Doctor Primrose. Frau Primrose. Olivie und Sophie.

Frau Primrose und die beyden Töchter bringen den Theetisch in Ordnung. Doctor Primrose geht im Zimmer auf und ab.

Doctor Primrose. Der Junge bleibt denn doch ungewöhnlich lange —

Frau Primrose. Ach der schlentert gewiß noch mit unserm guten Nachbar Flamsborough auf dem Jahrmarkt herum. Der hat immer tausend Dinge einzukaufen — Den Lehnstuhl hierher, Mädchen — Habt ihr die Tassen auch nachgesehen?

Sophie. Ey freylich, Mama, sie sind rein und sauber.

Doctor Primrose. Wenn sich der Junge nur nicht hinters Licht führen läßt. Er ist den Ränken der Schelme, die sich auf

solchen Märkten in Menge einfinden, nicht
gewachsen.

Frau Primrose. Sey doch nur uns
besorgt, mein Schatz. Da müßt ich unsern
Moses nicht kennen... Er ist ein schlauer
Dieb. Er wird seine Henne gewiß nicht an
einem regnigten Tage verkaufen — *Zu Sophie.*
Da fehlt ja noch die silberne Zuckerzange —
geschwind, liebe Sophie, hohl sie doch her.
Sophie geht ins Nebenzimmer und hohlt die Zuckerzange.

Doctor Primrose. Da wird mir
nun wieder der ganze Nachmittag verdorben.

Frau Primrose. Laß es dir doch nur
nicht leid seyn, mein Schatz — wer weiß
was wir heute für ein gutes Werk zu Stande
bringen — Sey doch nur ein wenig aufgeräumt, mein Schatz.

Doctor Primrose. Ihr seyd es ja
an meiner Stelle. — Gott gebe, daß die
Reue nicht nachkommt.

Frau Primrose. Du denkst dir auch
immer das ärgste — *Indem sie zum Fenster her-*
aus sieht. Aber da kommt ja unser Moses —
und so wahr ich lebe zu Fuß — Er hat das

Pferd glücklich verkauft — ich hab' es immer gesagt, der Junge ist zum Handelsmann geboren.

Moses tritt ein.

———

Zweyter Auftritt.

Moses und die Vorigen.

Frau Primrose. Willkommen — Willkommen Moses — Nun, wie ist der Handel abgelaufen?

Moses indem er die Schachtel auf den Tisch setzt und sich den Schweiß von der Stirne wischt. Besser als Sie glauben, liebe Mama — rathen Sie einmal was ich für den alten Blissen bekommen habe.

Frau Primrose. Wenn du ihn nur nicht unter drey Guineen verkauft hast, dann bin ich schon zufrieden.

Moses schlau. Ey ja wohl — Moses ist kein Narre — für vier Guineen, fünf Schilling und zwey Pence habe ich losgeschlagen und das ist denn doch aller Ehren werth.

Frau Primrose. Vier Guinen, fünf Schilling und zwey Pence — *Indem sie ihm die Backen streichelt.* Nun sag mir einer, daß unser Moses den Handel nicht versteht.

Doctor Primrose. Das hätte ich in der That selbst nicht geglaubt — Und wo hast du denn das Geld, mein Sohn?

Moses. Lassen Sie mich nur erst erzählen, wie es mir mit dem Pferde gangen ist — Anfangs wollte kein Mensch bieten — Dem einen standen die Augen nicht an — Der andere sagte, es hätte den Spatt — der dritte wollte es ihm gar an der Nase ansehen, daß es Würmer in den Eingeweiden hätte — Seht ihr denn nicht, daß die alte Mähre herzschlägig ist, sagte ein vierter — Und nun fieng sich gar einer an zu wundern, was ich mit einem blinden, lahmen, herzschlägigen, mit Würmern geplagten Thier auf dem Markt wollte — Redt ihr nur was ihr wollt, dachte ich bey mir selbst, ihr sollt Moses nicht fangen — das hat gute Wege — Mit einmal kommt ein alter Mann und feilscht das Pferd an — ich fodre herzhaft fünf Guineen, denn

ich merkte gleich an seinen Reden, daß er
kein rechter Pferdekenner war — Er bietet
mir auf der Stelle drey Guineen — Ich
schüttele verächtlich den Kopf — Er wird
hitzig und zahlt mir, so wahr ich lebe, vier
Guineen, fünf Schilling zwey Pence auf.

Frau Primrose. Das ist brav, das
ist brav, Moses — und wohlfeil eingekauft
hast du denn doch auch wohl — Indem Sie
die Schachtel nimmt. Laß doch einmal sehen.

Moses. Da finden Sie nichts, liebe
Mama — Schlau. Meinen Einkauf habe
ich hier. Er langt in den Busen. Ich habe
zwey Fliegen mit einer Klappe geschlagen und
für das Geld, das ich aus dem Pferdever-
kauf lösete, einen zweyten Handel gemacht,
der noch besser ist als der erste. Sehen Sie
nur einmal hier was das ist. Er zieht ein Pack
Brillen hervor in einem Umschlage von Papier.

Frau Primrose indem sie aufmacht. Und
was ist es denn?

Moses. Ein Dutzend feine grüne Brillen mit silbernen Rändern.

Frau Primrose mit kraftloser Stimme.
Ein Dutzend grüne Brillen? — Bist du

nicht gescheut, Moses — Wer hat dich ge=
beten Brillen zu kaufen?

Moses. Liebe Mama, ich bekam sie
ja spottwohlfeil — die silbernen Ränder
allein sind ja doppelt so viel werth.

Frau Primrose. Hohl dich der Gu=
guk mit deinen silbernen Rändern!

Doctor Primrose der unterdessen eine
Brille genommen und den Rand mit einem Messer
untersucht hat. Sie sind nicht sechs Stüber
werth, denn es ist bloß übersilbertes Kupfer.

Frau Primrose. Was, nicht ein=
mal Silber?

Doctor Primrose. So wenig als
deine Tortenpfanne, mein Schatz.

Frau Primrose. O schön — da
sind wir nun um das Pferd gekommen, und
haben nichts als ein Dutzend Brillen mit
kupfernen Rändern zum Besten — Sag
mir nur du einfältiger Schöps, was ich nun
mit den Brillen anfangen soll?

Doctor Primrose schalkhaft. Sie
sorgfältig aufheben, mein Schatz. Brillen

sind gerade das, was euch bey eurer Kurz=
sichtigkeit Noth thut.

Frau Primrose. Sagt ich dir nicht,
daß du unsern Nachbar Flamborough zu
Rathe ziehen solltest —

Moses betreten. Ach, liebe Mama, er
war ja dabey und ließ sich so gut beschwatzen
als ich — Wir kauften jeder ein Dutzend —
Der Alte, der mein Pferd gekauft hatte und
der ein ganz verständiger Mann zu seyn
schien, flüsterte uns immer ins Ohr, wir
möchten den Fang ja nicht aus den Händen
laffen. Er weint.

Doctor Primrose. Gieb dich nur
zufrieden, mein Sohn. Es ist nun einmal
geschehen — Laß dir das nur wenigstens
für die Zukunft zur Warnung dienen, vor=
sichtiger zu seyn — indem er ein Papier aus der
Tasche zieht. Und geh doch nur gleich zum
Nachbar Flamborough — Ich habe unter=
deffen unsere Schnibbe verkauft, im scherzhaf=
ten Tone, ich versteh mich zwar nicht so gut
auf den Handel wie Freund Moses — in=
deffen bin ich zufrieden — und weil ich nicht

so viel Geld vorräthig hatte, daß ich dem
ehrlichen Mann eine Banko Note von funf=
zig Pfund wechseln konnte, und er mir sagte,
daß er unsern Nachbar Flamborough sehr
genau kenne, so ließ ich mir von ihm eine
Anweisung auf diesen geben. — Sag' ihm
also, es hätte just keine Eile mit dem Gelde —
er möchte mir aber doch sagen lassen, wenn
er es nach Gemächlichkeit zahlen könnte.

Moses.   Seyn Sie nur nicht böse,
liebe Mama.   Indem er abgehen will, tritt Bur=
gel mit Richard und Wilhelm auf.

Richard zu Moses.   Ey sieh da, Mo=
ses — hast uns auch was vom Jahrmarkt
mitgebracht?

Dritter Auftritt.

Burchel. Doctor Primrose.
Frau Primrose. Olivie. Sophie.
Richard und Wilhelm.

Burchel. Nun da sind wir wieder —
geben er dem Theerisch gemaht wird. Sie erwarten Besuch, wie ich sehe.

Frau Primrose mit einer etwas stolzen Miene. Seine Herrlichkeit, der Lord Thornhill, woll'n uns gegen Abend die Ehre erweisen —

Burchel indem er leise zusammen sieht. Hu ha. Daß dich! Das hätte ich wissen sollen.

die Sie aber wohl ebenfalls geheim halten
müssen —

Richard sagt Wilhelm etwas ins Ohr.
Sie gehen beyde Hand in Hand zum Zimmer heraus.

Burchel ernsthaft. Wie ich aus allem
abnehme, liebe Frau Primrose, so hat Ihnen
meine heutige freymüthige Warnung mißfal-
len — — Das thut mir leid — Es wird
aber hoffentlich eine Zeit kommen, wo Sie es
mir danken werden, daß ich gewarnt habe.

Doctor Primrose schnell einfallend mit
Wärme Und wovon Sie Sich, wenn Ihnen
irgend meine Freundschaft werth ist, auch in
der Folge nicht müssen abhalten lassen —
und so beschwöre ich Sie auch, wackerer
Mann, sollten Sie vielleicht etwas wissen,
was den Lord betrifft — Ihnen entfielen
Winke — so sagen Sie es frey — mich hat
er nie zu seinem Vortheil eingenommen, nur
meine gute Deborah leider desto mehr.

Burchel indem er mit den Achseln zuckt.
Wem nicht zu rathen steht, dem steht freylich nicht zu helfen.

Frau Primrose. Was Sie nun al=
lerdings aus eigener Erfahrung am besten
wissen werden.

Doctor Primrose. Liebe Deborah!

Burchel. Sie haben Recht, gute Frau,
und eben deshalb sollten Sie Sich mein Bey=
spiel zur Warnung dienen lassen. Weil denn
nun aber der Lord Thornhill sich Ihr Ver=
trauen in einem so hohen Grad erworben zu
haben scheint, so wird er Ihnen denn doch
vermuthlich auch schon gesagt haben, daß er
sich um Miß Willmot bewirbt.

Doctor Primrose schnell einfallend, sehr
froh. Wozu ich ihm von Herzen Glück wün=
sche —. Ihnen aber meinen herzlichen Dank
für die gute Neuigkeit.

Frau Primrose etwas betreten. Um
Miß Willmot sagen Sie, und darf ich fra=
gen —

Burchel. Woher ich das weiß? — Sie
werden mich nun freylich wieder tadeln, wenn
ich Ihnen sage, daß ich die Quelle, aus der
ich diese Nachricht habe, gleichfalls geheim
halten muß.

Frau Primrose. Und wenn ich Ihnen denn nun sage, daß Sie falsch belehrt sind — ich kenne die Absichten des Lords besser.

Burchel. Die, womit er Ihnen schmeichelt, gute Frau, kenne auch ich — Und haben Sie Sich denn auch schon von der Redlichkeit seiner Gesinnungen überzeugt, und vor allen Dingen, sind Sie auch sicher, daß er die Zustimmung seines Oheims des Baronets Thornhill erhalten wird.

Frau Primrose. Auf die es denn im Grunde wohl nicht ankommen wird, wenn die Sache sonst erst so weit ist.

Burchel. Mehr als Sie vielleicht glauben, gute Frau — Sie werden es denn doch vermuthlich wissen, daß der Lord nach dem Testament seines Vaters blos auf die wenigen Einkünfte des Guts hier eingeschränkt ist, daß sein ganzes übriges Vermögen unter der Verwaltung seines Oheims, er selbst unter dessen Vormundschaft steht.

Frau Primrose. Ein schöner Vormund, der nicht einmal sein eigenes Vermögen zu Rathe zu halten gewußt, der auch wie gewisse andere Leute das Seine verpraßt hat.

Burchel lächelnd. Sie scheinen ihn ja sehr genau zu kennen, liebe Frau Prims rose — verpraßt hat er nun das Seine wohl eben nicht — nur hat er freylich vormals seine Gutthätigkeit gar oft bis zur Ausschweifung getrieben — Statt dem Hungrigen sein Brod zu brechen, hat er es ihm nicht selten ganz hingegeben — Indessen hat er denn doch noch immer zu leben übrig. Er behilft sich mit wenigem, unterdessen sein Neffe mit vollen Händen und im eigentlichsten Verstande des Worts, das Seine verpraßt.

Frau Primrose. Ich muß Ihnen nur gerade zu sagen, Herr Burchel, daß es mir herzlich zuwider ist, wenn man sich ungebeten in Familienangelegenheiten mischt.

Doctor Primrose. Liebe Deborah —

Burchel lächelnd. Mag es auch immer ein wenig stolz klingen, gute Frau, so hoffe ich doch noch den Tag zu erleben, wo Sie mich vielleicht um meine Einmischung bitten werden.

Frau Primrose. Ich hoffe mit Gottes Hülfe, daß der Tag nie kommen soll.

Burchel. Und ich, daß er vielleicht in kurzem kommen wird — Der arme unbedeutende Burchel macht dem reichen vornehmen Lord Thornhill Platz. —

Doctor Primrose. Bey allem was heilig ist — Ich lasse Sie nicht —

Burchel. Nur auf so lange, ehrlicher Doctor, bis Ihr vornehmer Gast wieder fort ist — mit dem ich nun einmal — Sie mögen auch davon halten was Sie wollen — nicht zusammen treffen mag — Ich gehe unterdessen zu Ihrem Nachbar Flamborough — wir sehen uns sicher noch heute — *Eiligst ab.*

Vierter Auftritt.

Doctor Primrose. Frau Primrose.
Olivie und Sophie.

Doctor Primrose *nach einer Pause.*
Schön! — sehr schön! — Ist das die Art,
wie man mit Leuten umgeht, denen man
Dankbarkeit schuldig ist? Glaub mir nur,
liebe Deborah, daß das für mich die unan=
genehmsten Reden waren, die dir je entfal=
len sind.

Frau Primrose. Warum legte er es
mir auch so nahe. Ich konnte mir nicht hel=
fen, ich mußte von der Leber weg reden.
Wer heißt ihn sich in unsre Angelegenheiten

Frau Primrose. Und bist du zufrieden, wenn ich dir verspreche, daß ich den Lord noch heute zu einer bestimmten Erklärung bringen will. Bist du zufrieden, frage ich?

Doctor Primrose. Du achtest nicht auf meine Ermahnungen, drum erspar mir nur immer die Antwort auf deine Frage.

Frau Primrose. Du wirst bald anders gestimmt seyn, mein Schatz — Genug, ich habe einen Einfall, von dem ich mir den besten Erfolg verspreche —

Moses tritt auf.

———

Moses. Der Nachbar Flamborough kennt weder den Mann noch die Hand — Sie möchten ihm doch nur sagen lassen, wie er ausgesehen, und was er angehabt hat. Er will gleich zu dem nächsten Friedensrichter hin, um den zu bitten, daß er die Diebsfänger nach ihm ausschickt; wer weiß, ist er nicht noch hier in der Gegend.

Doctor Primrose. Der ehrenvergessene Schelm — wer hätte sich das Bubenstück träumen lassen!

Moses. Aber wie sah er denn aus, und wie war er denn gekleidet?

Doctor Primrose. Ein munterer freundlicher Greis.

Moses. Einen dicken, langen Krickenstock — einen runden Hut —

Doctor Primrose. Auch das hatte er — Aber —

Moses. Lieber Papa, warf er nicht etwa mit gelehrten Brocken um sich, sprach er nicht deutsch und griechisch durcheinander? —

Doctor Primrose. Alles wie du sagst — Aber wie in aller Welt —

Moses. Ich Papa, ich will des Todes seyn, wenn das nicht der nehmliche Gaudieb gewesen ist, der mir das Pferd abgekauft, und mich und unsern Nachbar Flamborough hinterher mit den Grillen beschwazt hat.

Frau Primrose schalkhaft, mit einer Gebehrde, als wenn sie sich eine Brille auf die Nase setzen wollte. Lieber Mann!

Doctor Primrose beschämt. Ich weiß was du sagen willst. Lächelnd. Nun freylich, du magst nur immer auch für mich eine von den Brillen aufheben — Lauf — lauf, mein Sohn, bitte den ehrlichen Flamborough, er möchte keine Zeit versäumen — vielleicht kommt man ihm noch auf die Spur.

Moses eiligst ab.

Man hört Jagdhörner.

Frau Primrose. Der Lord kommt — der Lord kommt. Geschwinde Mädchen, das Theewasser — das Theewasser —

Sophie läuft ab.

Es fällt ein Schuß, die Familie erschrickt, die Frauen schreyen laut auf.

Doctor Primrose. Was für eine Unbesonnenheit! — Mitten im Dorfe! Unter Strohdächern! — was sich die Großen nicht alles erlauben!

Lord Thornhill tritt ein.

Sechster Auftritt.

Lord Thornhill und die Vorigen.

Lord Sie werden erschrocken seyn, mir
aber auch Dank wissen, hoff ich. Ich kam
wie gerufen. Ein räuberischer Falke, der
über ihrem Hühnerhofe schwebte, und den
ich knall und fall in die andere Welt geschickt
habe — Indem er dem Doctor die Hand schüttelt.
Liebster Doctor, es freut mich von Herzen —

Doctor Primrose mit kalter Höflichkeit.
Ich bin Ihr Diener, Milord.

Sophie tritt wieder ein. Ihr folgt eine
Magd mit einem Theekessel und Kohlenpfanne, die sie
neben den Theetisch setzt und wieder abgeht.

Frau Primrose indem sie den Lord auf
den Lehnstuhl nöthigt. Wollen Ew. Herrlichkeit nicht die Gnade haben —

Lord lachend. In dieser Welt nicht —
Eher sollen Sie mich auf Ihres Gemahls
Canzel, als auf seinen ehrwürdigen Lehnstuhl
bringen — Indem er Frau Primrose in den
Lehnstuhl führt. Für Sie — Für Sie meine
liebe Großmama in petto gehört der Platz,
nicht für einen jungen Freyer, wie ich bin —

Frau Primrose indem sie sich sträubt, der Lord sie aber nicht aufstehen läßt. Ach — Ach Eure Herrlichkeit beschämen mich auch gar zu sehr —

Lord Thornhill setzt sich neben Frau Primrose. Olivie auf die Einladung des Lords neben ihm. Auf der andern Seite neben Frau Primrose der Doctor. Neben ihm Sophie. Frau Primrose macht den Thee zurecht.

Doctor Primrose. Haben Milord eine glückliche Jagd gemacht?

Lord. Ich wüßte in der Welt nicht, wenn ich sie schlechter gemacht hätte, lieber Pastor — weiß Gott wie das zugehen mag. Aber es sind zwey Dinge, die mich seit einiger Zeit ganz determinirt hassen. Die Jagd und das Spiel.

Frau Primrose hustet, um der Familie einen Wink zu geben. Man pflegt zu sagen, Ew. Herrlichkeit — Wer Unglück im Spiel hat, der ist desto glücklicher im Heirathen.

Lord. Ey freylich und damit tröste ich mich auch.

Doctor Primrose. Soll ich Ihnen meinen Glückwunsch machen, Milord?

Lord. Und weshalb, wenn ich fragen darf?

Frau Primrose. Je nun, Ew. Herrlichkeit, zu Ihrer nahen Verbindung mit Miß Willmot — *Indem sie ihm eine Tasse Thee vorsetzt.* Darf ich so frey seyn?

Lord *schlägt ein lautes Gelächter auf.* Mit Miß Willmot — Ha ha ha — Zu meiner Verbindung mit Miß Willmot? ha ha ha.

Frau Primrose *bustet.* Ich muß wahrlich mit lachen, Ew. Herrlichkeit, ha ha ha. *Indem sie ihm den Teller mit Kuchen reicht.* Ein wenig Kuchen, Ew. Herrlichkeit. *Leise.* Meine Olivie hat sie gebacken.

Doctor Primrose. Ich habe Miß Willmot allgemein als ein Dame von großer Tugend und Schönheit rühmen hören.

Lord *indem er trinkt, persiflirend.* Von ihrer Tugend weiß ich auf Ehre nicht die mindeste Auskunft zu geben. Denn ich kann einen Eid ablegen, daß ich diese noch nie auf die Probe gestellt habe — Wenn man Ihnen

über ihre Schönheit gerühmt hat, so ist das
wohl die execrabelste Verläumdung, die man
nur je über Miß Wilmot hat ersinnen können.

Frau Primrose bitter. Ev ev, Euer
Herrlichkeit, wenn Ihnen Miß Wilmot das
wüßte, ha ha ha — Ist's auch süß genug?

Lord. Sehr schön — Ich will ver-
dammt seyn, wenn ich mich nicht eben so
leicht entschließen könnte, eine Kamschadalin
zu heirathen, als ein solches hohläugigtes
todtengerippartiges Gespenst, das Sie eine
Schönheit zu nennen belieben.

Doctor Primrose. So hat man uns

Ollrie beschämt. Ich habe ja nicht die
Ehre, Miß Willmot zu kennen, Milord —

Lord wie zuvor. Meine Gesinnungen
aber, die kennen Sie denn doch, wie ich mir
schmeichele — Frau Primrose hustet sehr stark.
Ernsthaft gesprochen, so ist es mir denn doch
höchst empfindlich, daß man dergleichen uns
gereimte Gerüchte über mich verbreitet; ich
wollte wohl schwören, daß das von irgend
jemand herrührt, der die Absicht hat, mich
hier verdächtig zu machen.

Frau Primrose indem sie Thee einschenkt.
Ja ja! — Es giebt denn immer solche uns
gebetene Zeitungsträger. Indem sie dem Lord
die Tasse reicht. Haben Ewr Herrlichkeit doch
die Gnade — Auf einem Beine tanzt
man ja nicht — Der Thee ist freylich nur
schlecht — — sollten Ewr Herrlichkeit wohl
glauben, daß man sich gar unterstanden hat,
über den Antrag der beyden vornehmen Da=
mes allerhand nachtheiliges Zeug zu sprechen.

Lord schnell einfallend. Bravo — Bra=
vo — und gegen die beyden Dames hat
man sich hinwiederum die gröbsten Lästeruh=

gen über Ihre Töchter erlaubt — indem er ein Billet aus der Tasche zieht und es dem Doctor giebt. Hier — thun Sie mir die Gnade, und lesen Sie dies anonymische Billet, das man den beyden Dames zugesandt hat. Sie haben es mir nur gestern mitgetheilt. Ich trug die Wahrheit zu sagen, Bedenken, es Ihnen zu zeigen — nun ich aber das höre — vielleicht kennen Sie die Hand, und wir kommen dem Pasquillanten auf die Spur.

Doctor Primrose der unterdessen das Billet gelesen hat und es dem Lord wieder giebt. Ich gestehe, Milord, daß der Inhalt dieses Briefes einer zwiefachen Deutung fähig ist.

Lord. Daß Ihr Herren doch so gerne alles mit dem Mantel der christlichen Liebe zudecken mögt — Erlauben Sie immer das Billet laut liest. „Ich bin ein Freund der „Unschuld und der es sich zur Pflicht macht, „vor Verleitungen zu warnen, ich habe für „gewiß gehört, daß Sie zwey junge Frauen: „zimmer, die mir wenigstens d e m R u f e „n a ch“ — merken Sie sich den boshaften Ausdruck, Pastor — „d e m R u f e nach „bekannt sind, zu Sich nehmen wollen.

E

„Erwägen Sie die nachtheiligen Folgen, die
„dieses Vorhaben mit sich führen könnte" —
Wie gefällt Ihnen das? mit vielem Nachbruck,
indem er die unterstrichenen Worte stark aushebt. —
„es ist freylich nicht schwer, die Leichtgläu-
„bigkeit zu brücken, unauslöschlich
„aber ist die Reue, wenn man das Laster
„mit seinem Gefolge in einen Auf-
„enthalt einführt, wo bisher Tugend
„und Unschuld gewohnt haben." —
Wenn Sie hier einen Doppelsinn finden,
Doctor, so haben Sie warlich Ihre eigene
Leseart —

Doctor Primrose weinend. Wollen
Sie mir wohl das Billet anvertrauen, Milord?

Lord. Mesdames, mein Phaeton ist angekommen — Sie haben doch nichts dagegen, lieber Doctor, wenn Ihre Demoiselles Töchter in meinem neuen Phaeton eine kleine Promenade machen — Ich habe ihn ausdrücklich deshalb herkommen lassen.

Doctor Primrose der es ungern bewilligt und den Töchtern einen heimlichen Wink giebt, Verzeihen Sie, Milord —

Lord lachend. Ich will denn doch beym Teufel nicht hoffen, Pastor, daß man auch sogar über meinen Phaeton bösen Leumund gemacht hat — Ich versichere Sie, er ist keusch wie Luna, und unschuldig wie ein

Lord. Ich würde die Ehre haben Sie selbst zu fahren. Aber Ihr Herr Vater hier —

Doctor Primrose. Legen Sie mir das nicht ungleich aus, Milord — zu den Töchtern meinethalben, ich hoffe Ihr werdet nicht lange ausbleiben. Die Mädchen sind sehr treu und beurlauben sich.

Lord. Auf Wiedersehen, meine schönen Dames — Zu dem Doctor und seiner Frau. Wenn Sie es sonst erlauben, daß ich mich noch bey Ihnen verweilen darf. Die Mädchen ab.

der liebe Gott gemacht hat, Ew. Herrlichkeit — Sie setzt ihm die Taffe und sagt, da es es verrührt. Sie werden mich doch nicht verschmähen, Ew. Herrlichkeit. Aber guten Dinge sind drey, pflegt man zu sagen. Der Lord nimmt die Taffe Aber schön hin schön her — Gnade Gott den Mädchen, die kein Vermögen haben — was hilft Schönheit und Tugend zu unsren eigennützigen Zeiten? — Man frägt nicht, wie ist ein Mädchen beschaffen, sondern da heißt es nur immer, was hat sie?

Lord. Sie haben nicht unrecht, Frau Primrose, und wenn ich König wäre, so sollten die armen Mädchen wahrhaftig gute Zeit

Lord. Ach Frau Primrose, Ihre Olirie besitzt so viele Vollkommenheiten, daß sie auch, ohne den armseligen Vorzug der Geburt, einen Prinzen glücklich machen würde.

Frau Primrose mit steigender Zudringlichkeit. Ew. Herrlichkeit belieben nur zu scherzen — Aber weil Ew. Herrlichkeit denn doch an dem Glück meiner armen Mädchen Antheil zu nehmen geruhen; so möchte ich fast so dreist seyn Ew. Herrlichkeit über eine Sache um Rath zu fragen. —

Lord. Nun?

Frau Primrose hustet. Es hat sich da ein Freyer zu unserer Olirie gefunden.

Lord mit versteltem Befremden. Zu Olirie?

Frau Primrose hustet. Ja, ein ganz bemittelter Mann, bey dem sie auch wohl ihr Brod finden wird — Ein gewisser Pächter Williams hier aus der Gegend —

Lord. Wie, Sie wollen ein solches schönes liebes Geschöpf, einen solchen Engel von Mädchen mit einem Mann verbinden, der für ein Glück dieser Art weder Sinn noch Gefühl hat? Indem er aufsteht. Nein,

Frau Primrose — das kann, das werde ich in Ewigkeit nicht billigen — Ich bitte Sie, bey allem was heilig ist, opfern Sie Ihr Kind nicht auf. — Sie verdient ein besseres Glück.

Frau Primrose die so. wie der Doctor auch aufgestanden ist, hustend, indem sie den Theetisch bey Seite setzt. Alles wahr, Ew. Herrlichkeit — Aber —

Lord. Der bloße Gedanke ist mir unerträglich und — ich habe überdem meine Ursachen —

Frau Primrose hustet sehr stark. Ja, wenn Eure Herrlichkeit Ihre Ursachen haben — das ist denn freylich ein ander Ding — Aber wollen Ew. Herrlichkeit uns nicht die Ursachen wissen lassen —

Lord. Dringen Sie nicht in mich — indem er die Hand aufs Herz legt. Hier! hier liegen sie vergraben — Der Jäger des Lords tritt ein und sagt ihm was ins Ohr. — Der kommt mir sehr ungelegen — Mein Verwalter läßt mir sagen, daß mein Oheim in meiner Abwesenheit angekommen ist — Das

ift doch höchftverdrießlich — Zum Jäger. Die
Pferde vor. — Der Jäger ab. Es thut
mir leid, daß ich nun nicht einmal die Zurück=
kunft Ihrer fchönen Töchter abwarten kann
— Liebe Frau Primrofe, lieber Doctor —
Auf ein andermal fprechen wir ausführlicher
über die Sache — übereilen Sie fich doch
nur ja nicht — Leben Sie wohl — Ich
muß eilen — Mein Oheim wartet — Es
ift mir äußerft unangenehm, daß ich juft jetzt
fort muß.   Leben Sie wohl. Sie wollen
ihn begleiten, er läßt es nicht zu. Nicht einen
Schritt weiter. Eiligft ab.

Achter Auftritt.

Doctor Primrofe und Frau Primrofe.

Frau Primrofe nach einer Paufe. Nun,
mein Schatz, wie lautet jetzt die Glocke? —
Nun haft du doch mit deinen eigenen Ohren
gehört?

Doctor Primrofe.   Allerdings.

Frau Primrose. Und hast dich nun selbst überzeugt?

Doctor Primrose. Das hab' ich — Das hab' ich.

Frau Primrose. Und mußte ich nicht die Sache recht gut einzuleiten? was meinst du?

Doctor Primrose. Du hast ein Meisterstück von Verschlagenheit abgelegt.

Frau Primrose. Wär' mir nur nicht der verwünschte Oheim in die Quere gekommen — Hätte er nur nicht so schleunig fort müssen! — indessen ist die Sache so gut als richtig.

Doctor Primrose. Auch ist mein Entschluß gefaßt.

Frau Primrose. Und der ist?

Doctor Primrose. Noch heute an den Lord zu schreiben.

Frau Primrose. Da hast du recht, mein Schatz, man muß das Eisen schmieden weil es warm ist. Du willst wohl seine schriftliche Erklärung fordern. Nicht wahr, mein Schatz?

Doctor Primrose. Das nicht, aber — wir seinen Besuch auf immer verbitten.

Frau Primrose. Ich erstaune —

Doctor Primrose. Das sollte ich billig über deine Leichtgläubigkeit. Allein ich sehe wohl, es ist nun einmal verlohrene Mühe, dich durch Gründe von deiner Bethörung zurückzubringen. Drum wiege dich nur immer in deinen Träumen, ich werde wachen.

Frau Primrose. Je, nun meinethalben, wenn du das Glück deiner Tochter muthwillig von dir stoßen willst.

kennen lernen. Die, warum er die Mädchen nicht gerne nach London laſſen will, weiß
ich ohnehin ſchon. Die kann ich an den Fin-
gern abzählen — der Umgang mit Sophie
ſteckt ihm im Kopf — Aber ſo lange meine
Augen offen ſtehen —

Doctor Primroſe vornem. Burchel
hätte Abſichten auf Sophien? —

Frau Primroſe. Was du nicht ſehen
willſt, das ſiehſt du nicht, mein Schatz.

Doctor Primroſe. Burchel hätte
Abſichten auf Sophie und hätte ſie mir ver-
ſchwiegen — Und woher weißt du es denn?

Frau Primroſe. Ich müßte ja blind

Neunter Auftritt.

Richard. Wilhelm und die Vorigen.

Richard indem er der Mutter eine Brieftasche giebt. Ach liebe Mama, sehen Sie nur hier, was wir gefunden haben.

Doctor Primrose. Sie gehört vermuthlich dem Lord, man muß ihm gleich jemand nachschicken.

Wilhelm. Nein, Nein, lieber Papa, sie gehört Herrn Burchel Frau Primrose öfnet, sobald sie dies hört, begierig die Brieftasche und untersucht die Papier. Ich habe sie heute bey ihm gesehen, wie wir nach Willmstreet giengen.

Doctor Primrose indem er die Knaben

Doctor Primrose. Es ist ja noch nicht spät, Kinder. (Indem er gewahr wird, daß Frau Primrose ein Papier liest, das sie aus der Brieftasche genommen.) Was ist das? liebe Deborah, ich bitte dich. Die Knaben gehen unterdessen ins Schlafzimmer.

Frau Primrose. Ich wollte nicht viel Geld für die Entdeckung nehmen — (Indem sie das Papier ihrem Mann geben will, der es zu nehmen weigert.) Hier — Hier —

Doctor Primrose. Ich bitte dich nochmals, Deborah, laß das —

Frau Primrose (liest laut ohne sich zu unterbrechen.) „Abschrift des Briefes, den ich

Frau Primrose indem sie die Abschrift wieder in die Brieftasche legt. Siehst du? — Siehst du? — was dein guter Freund Burchel für ein Kräutchen ist? — Auf den Lord ersinnt er Lügen — die Mädchen bringt er in üble Nachrede — dich hetzt er wider mich und die Kinder auf — das ist der Dank für die Wohlthaten, die er bey uns genossen hat — Burchel tritt ein, Frau Primrose für sich. Da kommt der Heuchler!

Zehnter Auftritt.

Burchel und die Vorigen.

Burchel. Seine Herrlichkeit haben sich ja recht lange hier verweilt.

Frau Primrose. Sie wissen wohl auf ein Haar, wie viel Witz auf eine Unze geht.

Burchel. Die Wahrheit zu sagen, liebe Frau Primrose, halte ich eine halbe Unze Verstand mehr werth, als zehn Unzen Witz.

Doctor Primrose. Und ich, Sir, ich halte eine halbe Unze Redlichkeit mehr werth, als zehn Unzen Verstand, indem er Burchel bey der Hand nimmt und ihm Leif ins Gesicht sieht. Mit Recht sagt Pope, ein ehrlicher Mann ist das edelste Werk Gottes.

Burchel (scherzt). Wie kommen Sie dazu, Doctor, daß Sie das an mich richten?

weise. Und wie konnten Sie sich unterfangen einen solchen Brief zu schreiben?

Burchel wie zuvor. Und wie konnten
Sie sich unterfangen meine Brieftasche zu
öffnen? — Kennen Sie die Strafe, die unsere Gesetze auf eine solche That bestimmen?
Es kostet mir nur einen Gang zu dem nächsten Friedensrichter.

Doctor Primrose äußerst aufgebracht.
Sie werden unverschämt, Sir, und ehrte
ich nicht die Rechte der Gastfreyheit —

Burchel sehr kalt, indem er die Brieftasche
verzeigt. Kann man sie gröblicher verletzen?
Meine Besuche fangen auch Ihnen an lästig
zu werden, wie ich sehe. — Ich schreibe mit

Eilfter Auftritt.

Doctor Primrose und Frau Primrose.

Frau Primrose *unterdessen daß Doctor
Primrose sehr unruhig im Zimmer auf und abgeht.*
Habe ich in meinem Leben einen frechern
Menschen gesehen? Untersteht sich noch gar,
uns mit dem Friedensrichter zu drohen! —
Aergere dich nur nicht, mein Schatz. Es
könnte deiner Gesundheit schaden.

Doctor Primrose *noch immer wie zuvor.*
Verzeih es mir Gott, wenn ich mich übereilt
habe — dann ist meine Ruhe auf immer
dahin.

Frau Primrose indem sie ihn zurückhält. Sey doch nicht wunderlich, lieber Mann. Du wirst doch den Menschen nicht noch in seiner Bosheit bestärken wollen?

Doctor Primrose. Laß mich — laß mich Deborah —

Sophie tritt sehr schnell und ganz außer Athem ins Zimmer.

———

Zwölfter Auftritt.
Sophie und die Vorigen.

Sophie indem sie sich dem Vater in die Arme wirft und weint. Gott, meine Schwester! meine arme Schwester! —

Doctor Primrose. Olivie! — erbarmender Gott! was ist ihr geschehen?

Frau Primrose zu gleicher Zeit. Um Gottes willen, was ist da vorgefallen!

Sophie schluchzend außer sich. Hier im nächsten Wäldchen — fielen uns Räuber an — den Kutscher rissen sie vom Pferde — uns aus dem Wagen — schleppten uns ins

Gebüsch — mich rettete der Lord — Olirie war nicht zu finden — die haben sie mit sich genommen — Gott! Gott! was für ein Unglück!

Frau Primrose indem sie die Hände ringt, im äußersten Ausbruch des Schmerzes. Großer Gott — Mein Kind, mein armes Kind! Meine Olirie!

Doctor Primrose zur Frau Primrose. Wehe dir, Weib, du hast ihr das Unglück bereitet —

Frau Primrose. Statt mich zu trösten, fluchst du mir!

Doctor Primrose. Was mir der Himmel vergeben wolle — Aber wer anders als du? —

Frau Primrose wie zuvor. O mein Gott — O mein Gott!

Doctor Primrose. Von deinen Händen fordere ich sie. Gieb mir mein Kind — meine Olirie wieder —

Frau Primrose. Erbarme dich über dein unglückliches Weib!

Doctor Primrose. Zu spät — zu spät — Aber ich will hin — Indem er Hut und Stock nimmt.

Frau Primrose. Und wohin willst du?

Doctor Primrose. Zu dem Schand-buben, dem Lord —

Sophie. Großer Gott! er selbst ret-tete mich ja.

Doctor Primrose. Um seinen teufe-lischen Plan desto mehr zu verstecken — Gottes Zorn über ihn, denn er selbst ist der Räuber — Er will abgehen, ein alter Bauer stürzt ins Zimmer.

Die Familie ringt die Hände, läuft hin und her. Gott — Gott! Man hört draußen Jemen! Jemen! rufen. Die Sturmglocke wird gezogen. Richard und Wilhelm stürzen ins Nebenzimmer. Zur Hülfe — zur Hülfe! — Retten Sie uns! Doctor Primrose und seine Frau schreien. Gott, die Kinder! Sie eilen beyde ins Schlafzimmer, beym Öffnen der Thüre schlägt Rauch und Flamme entgegen. Unterdessen stürzen Moses und einige Nachbarn ins Zimmer und retten die Sachen, so auch Sophie und der alte Bauer. Alles ist in Verwirrung. Doctor Primrose und seine Frau kommen jedes mit einem Kinde auf dem Arm aus dem Schlafzimmer und eilen zum Hause heraus. Der Vorhang fällt.

Dritter Aufzug.

Scene auf dem Schloß des Lords Thornhill.

· Erster Auftritt.

Jekinson in seiner gewöhnlichen Kleidung und
Baxter.

Jekinson. Kurz von der Sache, Möster
Baxter, damit Sie es nur wissen, wir ziehen
künftig nicht mehr mit einander. Ein jeder
für sich. Bey dem Mascopiehandel kommt

daß ich den reichen Ochsenhändler so wohlfeil durchgelassen hätte, wenn er mir allein
in die Hände gefallen wäre?

Baxter. Durchgelassen? Und hätte
ich ihm nicht seine Uhr wie ein Blitz weg.

Jenkinson. Und ist da wohl Menschen-
verstand bey — sich mit einer lumpigten Uhr
abzugeben, wenn man einen solchen fetten
Gast vor sich hat. Aber du hast nicht Kopf,
nicht Sinn für große Unternehmungen.

Baxter. Chi va piano va sano, mein
Brüderchen, ich bin mit einem mäßigen
Profit zufrieden.

Jenkinson. Pfui des Kerls, der so

von das eine blind, das andere lahm war.
Das war ein Fang, der sich sehen ließ!

Jekinson. Dummer Teufel, war das
nicht blos Nebensache? Mit dem einfältigen
Jungen wollte ich mir so nur eine Lust ma=
chen. — Und zu dem alten Pfaffen muste
ich ja ohnedieß hin, um die Mädchen kennen
zu lernen, um nicht bey unserer heutigen
Expedition etwa eine für die andere zu
greifen.

Baxter vertraut. Wen hast du denn
zu der Pfaffenrolle ausersehen? Etwa Tom=
kins?

Jekinson. Da laß du nur immer
deine Nase heraus. Das ist meine Sache.

Simkins tritt ein, wie er die beyden Beutel=
schneider gewahr wird, steckt er schnell die Hände in
die Rocktaschen und legt die Schöße vorwärts um die
Weß= und Beinkleidertaschen zu sichern.

Zweyter Auftritt.

Sinkins und die Vorigen.

Jekinson ihm entgegen, indem er ihm die Hand reicht. Ihr gehorsamer Diener, Sir!

Baxter eben so von der andern Seite. Ich bin sehr erfreut, Sir.

Sinkins furchtsam und verlegen, immer in der vorigen Stellung. Ihr Diener — Ihr Diener, meine Herren — Sie warten wohl hier auf Sr. Herrlichkeit —

Jekinson. Sie habens errathen, Sir.

Baxter. Immer wohl auf gewesen? Indem er ihm eine Dose vorhält. Kann ich aufwarten, Sir?

Sinkins immer wie zuvor. Ich nehme nie Toback.

Jekinson indem er eine silberne Dose hervorzieht. Auch von mir nicht, Sir?

Sinkins erschrickt beym Anblick der Dose, tritt unruhig, jedoch die Hände immer in den Taschen näher, um sie genau zu sehen. Jekinson zieht sie zurück. Sir — Sir — das ist ja wohl, wenn ich recht sehe —

Jekinfon nach einigen Lazziren. Sie neh=
men zwar keinen Toback, Sir, sind denn
doch aber ein Liebhaber von Dosen wie ich
sehe. Indem er ihm die Dose giebt. Nun, wenn
ich damit aufwarten kann, Sir.

Sinkins nimmt sie sehr schnell und steckt die
Hände gleich wieder in die Taschen. Aber wie in
aller Welt kamen Sie zu meiner Dose? —
Ich habe doch nicht die Ehre gehabt, die
Herren heute auf dem Markte zu sehen —
Ich will doch nicht hoffen, daß der alte
freundliche Mann, der mir immer auf allen
Schritten nachging —

Jekinfon. Ich gebe mich zwar in der
Regel mit solchen Kleinigkeiten nicht ab.
Wenn ich aber einen guten Freund warnen
kann, so mache ich bisweilen eine Ausnah=
me —

Sinkins. Sehr verbunden für die
freundschaftliche Warnung.

Jekinfon. Künftig hübsch die Augen
offen und die Taschen zu, das ist eine Haupt=
regel auf Märkten — Indem er ihm die Hand
auf die Schulter legt. Hier seyn Sie nur unbe=

forgt, Sir. Die Häuser meiner Kundleute
halte ich rein. Auf mein Wort, Sir!

Sinkins. Wissen die Herren denn
auch, daß hier in der Nachbarschaft eine
große Feuersbrunst ausgebrochen ist?

Jekinson. Und wo denn, Sir?

Sinkins. Im nächsten Kirchdorf. Es
liegt eine kleine Viertelmeile von hier. Es
ist gar ein erschreckliches Feuer.

Jekinson. Ey das wäre. Er giebt Dappern einen Wink. Dieser entfernt sich schnell.

Sinkins warm. Ich verstehe — Ich
verstehe alle Worte.

Jekinson. Nun was wollen Sie

Dritter Auftritt.

Lord Thornhill und Jekinson.

Lord. Wo ging Baxter so eilig hin?

Jekinson. Nur bis ins nächste Dorf, Milord. Vertraulich. Es soll ja da brennen, daß es eine Lust ist.

Lord. Ihr seyd denn doch, Gott verdamm mich, die dreistesten Buben, die je in einer Diebeshaut gesteckt haben — Sagt mir nur, Kerle, wie weit habt ihr noch wohl bis zum Galgen.

Jekinson. Wird keine zehn Schritt mehr hin seyn, fürchte ich. Seit Milords uns mit Ihrer Kundschaft beehren, sind wir ein gut Stück Weges näher gekommen.

Jenkinson. Sie wird wohl zahm werden, Milord, lassen Sie nur erst den Schwarzrock hier seyn.

Lord. Ein Anschlag, den dir ohnfehlbar die Hölle eingab, um ihrer Beute gewiß zu seyn.

Jenkinson. Wenn Sie Bedenklichkeiten haben, Milord —

Lord. Ist der Kerl auch sicher?

Jenkinson. Ob er sicher ist? Sie sollen einen Trauschein haben, Milord, den Sie vor allen Gerichten im Königreich vorzeigen können.

Lord. Glaubst du, daß ich unklug bin? — Die Geschichte wird ein verdammtes Aufsehen machen, und sollte der Alte auf die Spur kommen — unruhig. Der verwünschte Brand geht mir am mehresten im Kopf herum.

Jekinson. Und wie kommt denn der dahinein, Milord? —

Lord. Ich fürchte, Gott verzeih mirs, ich habe noch oben drein dem Pfaffen das Haus angesteckt.

Jekinson lachend. Sie?

Lord. Ein unvorsichtiger Schuß nach einem Raubvogel, und das beunruhigt mich gewaltig.

Vierter Auftritt.

Jäger und die Vorigen.

Jäger. Sie ist nun etwas besser, Mylord. Sie verlangt Sie zu sehen.

Lord. Ich laß sie bitten herzukommen. Zu Jetinton, Laß mich.

Jetinton und der Jäger auf verschiedenen Seiten ab.

———

Fünfter Auftritt.

Lord allein. Indem er im Zimmer auf und abgeht. Der Nichtswürdige hat mich durch

nicht wieder fort lassen, mag nun schon daraus werden was da immer will — Noch
nie hat mir ein weibliches Geschöpf so das
Hirn verrückt, wie diese hier. Ich kenne
keine Ausschweifung, die ich nicht begehen
würde, um zu ihrem Besitz zu gelangen —
Sie mit Hintansetzung meiner Geburt heirathen, dieß ist nun freylich ein Schritt, der
mich dem allgemeinen Gelächter Preiß geben
würde, und den ich wenigstens bis zum äus-
sersten Fall verschieben muß — Abwarten,
bis vielleicht ein Zufall günstigere Umstände
herbey führt — das läßt meine Ungeduld
nicht zu, und nun vollends bey den Bewer-
bungen des elenden Kerls, da der mir sie
vielleicht auf immer entreißt — Nun und

Sechster Auftritt.

Lord und Olirie.

Lord der keiner entgegen. Haben Sie sich von dem Schreck erholt, Miß?

Olirie weinend. Lassen Sie mich zu meinen Eltern, Milord — Zu Ihren Füßen verblutet er stehe ich, schicken Sie mich zurück.

Lord. Beruhigen Sie sich — beruhigen Sie sich, Olirie —

Olirie. In den Armen meiner Eltern. Nur da — Nur da werde ich mich beruhigen.

Lord indem er sie in seine Arme schließt. Und

Olirie. Das will ich — wenn ich noch einen Augenblick länger hier verweile. —

Lord. Und wenn ich Ihnen nun verspreche, daß ich Sie selbst zu Ihren Eltern bringen will — wenn ich Ihnen nun das verspreche —

Olirie. Nun dann, so kommen Sie — Milord —

Lord. Wenn Sie mich doch nur wenigstens anhören möchten —

Olirie. O Gott! O Gott!

Lord. Sie wissen, Miß, wie lange ich nun schon um Ihre Liebe flehe — Ein günstiger Zufall schaft mir das Glück Ihr Erretter zu werden — Ich habe bey Gott die gegründetesten Ansprüche auf Ihren Besitz — Und keine menschliche Macht soll mir Sie entreissen, ich lasse Sie nicht von hier, Miß — bis Sie mir versprechen —

Olirie *schnell einfallend.* Was verlangen Sie von mir, Milord —

Lord. Ihre Hand — Ihre Hand, Miß, ohne die ich nicht länger glücklich seyn kann —

Olirie. Unter der Einwilligung meiner Eltern, Milord. Ausserdem nie. —

Lord. Ihre Mutter ist nicht abgeneigt — scheint es zu wünschen — Nur Ihr Vater, Miß —

Olirie. Er jammert um sein Kind — Enden Sie seinen Gram, Milord — Bringen Sie mich zu ihm. —

Lord. Ja doch — Ja doch — Aber — als Lady Thornhill und dazu ist alles in Bereitschaft. —

Olirie. Großer Gott! was muß ich hören — Nimmermehr. Nimmermehr, Milord — Eher will ich sterben ehe ich mich so weit vergesse. Ein Jäger tritt eiligst ein, sagt dem Lord etwas ins Ohr und entfernt sich schnell.

Lord sehr unruhig. Ein Besuch aus der Stadt, Miß — Es muß Ihnen selbst daran gelegen seyn, Sich nicht sehen zu lassen —, Kommen Sie — Kommen Sie —

Olirie indem er sie abführt. Beschützer der Unschuld — Gott! — Rette mich. Beyde zur Seitenthüre ab.

Siebenter Auftritt.

Jenkinson allein, indem er eiligst zu der Flügelthüre eintritt und durch die Seitenthüre entflieht. Muß der Teufel nun den verwünschten Pfaffen herführen. ———

Achter Auftritt.

Doctor Primrose und der Jäger.

Jäger im Eintreten. Nur gemach — Nur nicht so ungestüm, wenn ich bitten darf.

Doctor Primrose äußerst aufgebracht. Führe mich gleich zu ihm; Elender, sag ich dir, oder bey Gott ——

Jäger. Brr! Nicht so hitzig — Nicht so hitzig, Herr Pastor. Indem er durch die Seitenthüre abgeht.

Neunter Auftritt.

Doctor Primrose, allein. Meine Hütte ein Raub der Flamme! — Meine Tochter in den Händen eines Verführers! — Mein armes Weib, die mit Ihren hülflosen Kindern um Brod jammert — Verleihe mir Fassung und Muth, Gott! der du mir diese harte Prüfung zuschickst — Der Lord tritt ein.

————

Zehnter Auftritt.

Lord und Doctor Primrose.

Lord äußerst schnell. Ich bin untröstlich über den unglücklichen Vorfall — Aber bey Gott, ich will alles, was Ihnen der Brand nahm, ersetzen. Rechnen Sie auf meine thätigste Hülfe —

Doctor Primrose. Ich verachte Sie und Ihre Hülfe, Milord — Indem er ihm näher tritt, mit festem Tone. Wo ist mein Kind?

Lord. Was für ein Kind, Pastor? — Ich verstehe Sie nicht.

Doctor Primrose mit steigender Heftig=
keit. Vergrößere nur nicht deine Schand=
that durch elende Ausflüchte, vornehmer
Bösewicht — noch einmal — wo ist mein
Kind?

Lord. Sie setzen mich in Erstaunen,
Doctor — fast sollte ich glauben, daß der
unglückliche Brand Ihre Sinne zerrüttet hat.

Doctor Primrose äußerst aufgebracht.
Ha, das geht weit! Beym allmächtigen
Gott, Milord, wenn Sie nicht wollen, daß
ich über Ihrer Unverschämtheit Ihren Stand
vergessen soll —

Lord mit verstelltem Unwillen. Nähm ich
nicht auf den Ihrigen und auf Ihr Alter
Rücksicht — in einem mildern Tone, mäßigen
Sie Ihre Hitze, Mann, und sagen Sie
mir, was Sie eigentlich herführt.

Doctor Primrose sucht sich zu fassen —
nimmt nach einer Pause den Lord bey der Hand und
sieht Ihm starr ins Gesicht. Sie wissen es nicht,
Milord — sehen Sie mir frey in die Au=
gen — Sie wissen es nicht? Indem er seine
Hand läßt. Doch wer erst so tief gesunken ist,

der erröthet beynahe eher über einer guten Handlung als über dem Laster.

Lord lächelnd mit vieler Kälte. Ich sehe wohl, ich muß Sie austoben lassen — ob wohl ich mich in der That selbst über meine Mäßigung wundere. —

Doctor Primrose. Die mich nicht bethören soll, Milord — Ohne weitere Umstände —

Lord. Ohne weitere Umstände, Sir — was verlangen Sie von mir?

Doctor Primrose. Was du mir auf die schändlichste Art geraubt hast — und wofür dich Gott dereinst richten wird — Meine Tochter.

Lord. Ich bin wie versteinert, Pastor — mir das? — mir das? Mir, dem Sie gerade im Gegentheil die Rettung Ihrer Töchter zu danken haben.

Doctor Primrose. Ich bin zu alt geworden, Milord, um mich durch dieses elende Gaukelspiel blenden zu lassen — ein einfältiges Mädchen, meine Tochter Sophie konntest du damit berücken, abscheulicher

Verführer, aber nicht. Gieb mir mein Kind — meine Olivie heraus!

Lord im höchsten Ausdruck einer aufgenommenen von Leidenschaft. Olivie, sagen Sie? — Großer Gott — Olivie wäre noch nicht wieder bey Ihnen — Indem er mit verstörtem Schmerz im Zimmer hin und her läuft — He da! — He da!

Doctor Primrose. Was soll das? — Was soll das, Milord? Ein Jäger tritt auf.

Lord wie vorn. Meine Pferde vor — meine Pferde vor, und das diesen Augenblick — ruft meine Leute zusammen — Bediente — Jäger — Alles — Alles mit, ohne Zeitverlust — fort! — fort! Jäger ab.

zurück — ich dachte kein Arges — er hat
sie zum zweytenmal geraubt — mit seinem
Blute soll er es entgelten —

Doctor Primrose für sie. Was soll
ich davon denken — Zu Milord. Milord! —

· Lord ohne sie zu unterbrechen. Eilen Sie
— Eilen Sie, unglücklicher Mann —
Hier ist keine Zeit zu verlieren — Nehmen
Sie die Leute aus dem Dorfe — Wir wol-
len uns vertheilen — Sie nach Bath —
ich die Straße nach London herauf — Mor-
gen früh komme ich zu Ihnen, bring Ihnen
Nachricht — um Gottes willen — Eilen
Sie — Eilen Sie.

Eilfter Auftritt.

Lord Thornhill allein, indem er sich in einen Stuhl wirft. Das gelang — gelang über meine Erwartung — hat mich aber auch abgemattet — hat mich angegriffen, als wenn ich eine Scene in der großen Manier gespielt hätte. Das war sie aber auch — Und ich habe mich selbst übertroffen — Nachdem er sich erhohlt hat, steht er auf. Aber ich habe denn doch bey Gott die Sache sehr weit getrieben — dem alten Mann häßlich mitgespielt — unselige Leidenschaft, wohin führst du? — Fort mit jeder kalten Ueberlegung! — die kommt jetzt ohnehin viel zu spät — der Schritt ist einmal gemacht und ich kann nicht wieder zurück — Mein Vor-

Zwölfter Auftritt.

Lord Thornhill und Jetinson.

Jetinson in der vorhergehenden Stellung. Ist er fort? Er tritt ein.

Lord. Gut, daß du da bist — Ich habe den Alten glücklich von der Fährte abgebracht — jetzt müssen wir eilen — das Mädchen muß noch diese Nacht nach London — muß gleich fort, sobald die Posse mit der Trauung vorbey ist — Aber wo bleibt denn der Schurke? —

Jetinson. Er ist bereits hier, Mylord — ich habe ihn in Ihr Schlafkabinet

Lord. Ich zahle gut — das weißt du — aber wenn du sie nicht sicher hinschaffst, so sieh zu wie es dir gehen wird. Sintmé reise ab. Fort! — Sintmé ab.

Dreyzehnter Auftritt.

Sintmé und Lord.

Sintmé. Was befehlen Mylord?

Lord. Ist Tom schon zurück? Was bringt er für Nachrichten?

Sintmé. Der Brand greift fürchterlich um sich: das halbe Dorf steht im Feuer.

Lord. Wie man sie zu hunderten auf-
knüpft — ich muß Geld haben — ich
brauche viel — sehr viel — brauch es
gleich — die ausstehenden Zinsen — die
Pachtreste — Alles — Alles muß ohne den
mindesten Zeitverlust eingemahnet werden.

Einfind. Wenn ich durchgreifen darf,
Milord, so kann Rath werden.

Lord. Und wer hindert dich dran, Ein-
faltspinsel — du mußt morgen am Tage
auf meinen Gütern herum — mußt beytrei-
ben was du immer magst und kannst —

Einfind. Gut, Milord, aber ohne
Begleitung eines Gerichtsdieners werde ich

Lord. Welche Frage! — Aller, alles ohne Ausnahme und ohne Ansehen der Person.

Sinfins. Das ist mir genug, Milord.

Lord. Du kommst morgen Abend nach London — ich erhalte Geld oder du dei= nen Abschied. *Eiligt ab.*

———

Vierzehnter Auftritt.

Sinfins *allein.* Alles, alles ohne Ausnahme und ohne Ansehen der Person — Vortrefflich, vortrefflich — da hab' ich nun

den Lord wegen der Schuldbriefe gefragt
habe — Ganz gewiß hat er vergessen, daß
die hundert Pfund, die er dem Pfaffen gegeben hat, mit darunter sind. Er hat sie
ihm immer schenken wollen — Und nun vollends — Aber was geht das mich an? —
Ohne Ausnahme und ohne Ansehen der Person, so hat er es befohlen und so befolg ich
es pünktlich. Geld kann der Pfaffe, nun
er abgebrannt ist, so nicht herbeyschaffen —
drum ins Gefängniß mit ihm — da kann
er den Schelmen, den Dieben verpredigen,
so viel und so lang er Lust hat — Ins Gefängniß — Ins Gefängniß, Herr Pastor,
und das morgen am Tage.

Vierter Aufzug.

Scene in dem abgebrannten Dorfe. In der Ferne sieht man die Mauern der abgebrannten Kirche — Ueberbleibsel von eingeäscherten Häusern, unter diesen die Wohnung des Predigers, vor der die Handlung vorgeht. Einige gerettete Effekten an Stühlen, Betten 2c. liegen auf dem Platz.

Erster Auftritt.

Doctor Primrose. Frau Primrose. Sophie. Richard und Wilhelm.

Doctor Primrose sitzt auf einer Rasenbank vor dem abgebrannten Hause. Die Knaben liegen mit

Sophie. O ja, lieber Vater, versuchen Sie es doch.

Frau Primrose. Die ganze Nacht auf der Straße — das kann dir unmöglich gut thun.

Doctor Primrose indem er aufsteht. Ich bin wohl, recht wohl, liebe Deborah — Sorg nur für deine Gesundheit, mein Kind — Und wenn ich dich nur erst ruhig sehen könnte, mein Kind —

Frau Primrose weinend. Im Grabe — Im Grabe, nur da werde ich Ruhe finden.

Doctor Primrose. Nicht so, meine Liebe indem er in die Höhe sieht, der lebt ja noch.

Frau Primrose. Alles — alles verloren — indem sie auf die Sachen vor dem Hause zeigt. Nichts als die wenige Haabseligkeit da — wo werden wir Brod hernehmen.?

Doctor Primrose. Und hast du je den Gerechten darben sehen, mein Kind? — Der Mensch braucht ohne dies hienieden nur wenig und das wenige nur auf eine kurze Zeit — Gott wird uns nicht verlassen — Er wird gute Menschen wecken — Wir leben; Gott sey Dank, unter Britten — selbst der Lord, wenn er in sich kehrt —

Frau Primrose. Nun freylich — freylich — wenn er bedenkt was er für ein Unglück angerichtet hat —

Doctor Primrose. Zwar nur Unvorsichtigkeit — Auch sey es ferne von mir, daß ich ihm Vorwürfe mache. — Wo ist unser Moses, mein Kind?

Frau Primrose. Er gieng nur bis zum nächsten Dorf, um ein wenig Milch und Brod aufzutreiben, damit ich doch etwas habe um die armen Knaben zu erquicken — unsern unglücklichen Nachbarn kann ich es ja nicht anmuthen — und ich habe nichts, gar nichts, womit ich uns und die Kinder satt machen kann.

Einige Nachbarn treten ein.

Zweyter Auftritt.

Die Nachbarn und die Vorigen.

Ein Bauer. Lieber Herr Pastor, wir hätten wohl eine Bitte an Sie.

Doctor Primrose. Sprecht Freunde — Sprecht, was kann — was kann ich für euch thun?

Bauer. Es jammert uns, daß wir Sie hier so unter freyem Himmel sehen müssen — Und da haben wir eine halbe Meile von hier in einem Dorfe ein Häuschen ausgemittelt, das Ihnen der Eigenthümer abtreten will — Wir wollen Sie hinbringen. —

Doctor Primrose. Ihr guten Leute — Eure Treuherzigkeit rührt mich innigst —

Alle. Und Sie werden es doch nicht abschlagen, Herr Pastor?

Doctor Primrose. Zürnet nicht, meine Freunde, wenn ich es thue. Laßt mich hier — Ein Hirte muß seine Heerde nicht verlassen — ich wohnte ja gerne unter euch in den Tagen des Wohlstandes und ich sollte mich jetzt in den Stunden der Trübsale von euch trennen — Nein Freunde — Nein Brüder, das geschieht nun und nimmermehr.

Bauer. Je du lieber Gott — bedenken Sie doch, Ihre Frau und die armen Würmchen da — das Herz blutet ja einem, wenn man es nur ansieht — Unser einer ist das mehr gewohnt. —

Doctor Primrose. Seyd nur unbekümmert, ihr guten Leute — der Brand hat zum Glück einen Theil meiner Scheune verschont — da ist Platz — die Witterung ist gut — und bis zur Aernte ist es ja noch weit hin. —

Bauer. Wir müssen Ihnen nun freylich Ihren Willen lassen — Es war wenigstens gut gemeint —

Doctor Primrose. Das fühl' —
das erkenn' ich, Freunde —

Bauer. Noch eins, Herr Pastor, was
rathen Sie uns wohl? Wir sind so halb
und halb entschlossen zu unserm Gutsherrn
dem Lord zu gehen und ihn zu bitten, daß er
uns wenigstens mit etwas unterstütze. Ob
er es wohl thun wird und ob es sich wohl
geziemt, daß wir hingehen? Was meinen
Sie, Herr Pastor?

Doctor Primrose. Und warum
nicht? — Auch bin ich überzeugt, daß er
euch nicht hülflos lassen wird.

Bauer. Er hat denn doch das Unglück
gestiftet und wenn er christlich denkt —

Doctor Primrose. Das wird er —
das wird er und nur Muth im Unglück, nur
Vertrauen auf Gott, Kinder.

Bauer. Das haben Sie uns ja immer
gelehrt und es kommt uns nun trefflich zu
statten — indem er ihm die Hand giebt. Leben
Sie wohl, Herr Pastor. Zu Frau Primrose
eben so. Leben Sie wohl.

Alle eben so. Gott sey mit Ihnen, Herr
Pastor. Zu Ihr. Leben Sie wohl. Die
Bauern ab.

———

Dritter Auftritt.

**Doctor Primrose. Frau Primrose.
Sophie. Richard und Wilhelm,
hernach Moses.**

Doctor Primrose.. Sey heiter, meine Liebe — nimm ein Beyspiel an unsern
guten Nachbarn. Die zagen nicht und wir
sollten den Muth sinken lassen? *Moses tritt
ein. Er hat einen Kober umgehangen. Unter dem
linken Arm ein Brod. Mit der rechten trägt er einen
an einem Bande hangenden Milchtopf.*

Moses *indem er den Milchtopf hinsetzt, das
Brod und den Kober ablegt.* Nun haben wir
für heute und morgen vollauf, liebe Eltern
—. Die guten Leute! — ich verlangte nur
ein wenig Milch und Brod, und da haben
sie mir einen ganzen Kober voll Eßwaaren
aufgepackt — Und sie wollten schlechterdings

kein Geld annehmen. — Was ich wohl meinte? Ob ich sie für Unmenschen hielte?

Frau Primrose indem sie den Kober öffnet. Ach du lieber Gott, die guten — guten Menschen.

Moses. Herr Gott! — da kommt unser Lord — so wahr ich lebe — und das in vollem Gallop.

Frau Primrose und Sophie indem sie schnell herbey laufen, beyde zugleich. Hat er Olirie bey sich? indem sie hinblicken. Ach Gott, er ist allein.

Doctor Primrose. Nur nicht vor der Zeit verzagt, meine Liebe — Wir wissen ja noch nicht, was er für Nachricht bringt.

Lord tritt ein.

———

Vierter Auftritt.
Lord und die Vorigen.

Lord indem er sich umsieht. Haben Sie sie gefunden.

Doctor Primrose. Leider nein —

Lord. Wie bedaure ich Sie — Auch meine Bemühungen sind fruchtlos abgelaufen — indessen gebe ich die Hoffnung nicht auf. Meine Leute sind noch im Nachspüren — *indem er sich umsieht, für sich.* Gott, welch ein gräßlicher Anblick! ich wollte, ich wäre nicht hergekommen. *Frau Primrose und Sophie weinen herzlich.*

Doctor Primrose. Unser Unglück ist groß, Mylord —

Frau Primrose. Mein Kind — mein Kind — wenn nur das wieder hier wäre — *Die Nachbarn Weiber, Männer und Kinder kommen allmälig von allen Seiten herbey.*

Lord *noch, ohne sie zu sehen, sehr verlegen.* Beruhigen Sie sich — Beruhigen Sie sich, gute Frau — Wer weis was geschieht — *Für sich.* Großer Gott, was habe ich hier für Elend verbreitet — ich muß — ich muß das wieder gut zu machen suchen — *Die Nachbarn mit ihren Weibern, Kindern umringen ihn, küssen ihm den Rock, fallen auf die Knie.*

Eine alte Bäuerin *mit einem Kinde auf dem Arm, das andere an der Hand.* Lassen

Sie sich unsere Noth zu Herzen gehen, Mi=
lord — Wir haben alles im Brande ver=
loren — Wir können uns nicht helfen,
wenn Sie sich nicht über uns erbarmen —

Lord äußerst gerührt und verlegen. Ja doch
— ja doch, meine Kinder — steht auf,
steht auf — Ich will eure Häuser bauen
lassen — euren Verlust ersetzen —

Alle. Das wird Ihnen Gott lohnen —

Lord indem er seine Börse herauszieht und sie
hingiebt. Der alte Bauer nimmt sie. Da, da
nehmt das vor der Hand — vertheilt es
unter euch — ich werde mehr geben —
ich werde helfen — Für sich. Warum mußte
ich herkommen?

Alle indem sie aufstehen und ihm den Rock
küssen. Unser Herr Gott segne Sie —

Lord. Laßt mich — laßt mich, Kin=
der —

Alle. Er vergelte es Ihnen tausend
tausendfach im Abgehen, der gute Herr —
der gute Herr — Alle ab.

Fünfter Auftritt.

Doctor Primrose. Frau Primrose.
Sophie. Die Knaben und Lord.

Lord noch immer in großer Bewegung. Auch
Sie — auch Sie sollen nichts verlieren —
Auch Ihr Kind nicht — Ich eile, um sie
aufzusuchen indem er sich langsam entfernt. Gott,
was habe ich hier für Unglück gestiftet.
Eilt ab.

———

Sechster Auftritt.

Doctor Primrose mit seiner Familie.

Moses. Weinen Sie nicht, liebe Mama — Wer weis, wie das noch alles kommen kann — Und eh ich vergesse, lieber Papa — wissen Sie auch, daß unser Brillenhändler fest sitzt? _

Doctor Primrose. Wer hat dir das gesagt, mein Sohn?

Moses. Unser Nachbar Flamborough — ich begegnete ihm auf dem Rückwege. Der Friedensrichter hat ihn rufen lassen. Sie haben doch gestern während des Brands hier im Dorfe einen Dieb ertappt und das ist just der nehmliche Kerl und er hat auch schon seinen Kompan angegeben und den haben sie auch schon beym Leibe.

Doctor Primrose. Und wo haben

Siebenter Auftritt.

Olivia und die Vorigen.

Doctor Primrose indem er sie an seine Brust drückt. Olivie! — Olivie! — Dank, dank dir Gott.

Frau Primrose zugleich für Freuden außer sich. Gott! — Gott! — meine Olivie.

Moses und Sophie zugleich. Liebe Olivie — liebe Schwester.

Olivie schluchzend umarmt sie alle wechselsweise. Sie kann für Wehmuth nicht sprechen. Eine lange stumme Scene.

Frau Primrose indem sie sie an sich drückt. Welcher Bösewicht raubte dich, armes unglücl-

Doctor Primrose. Burchel — Burchel war dein Erretter?

Frau Primrose *zugleich.* Herr Burchel? — was höre ich.

Olivie. Statt mich zu Ihnen zu bringen, wollte man mich nach London führen —
ich war nur noch eine Meile davon —

Doctor Primrose. Und wer —
wer war der schändliche Bube —

Olivie. Er wollte nachkommen, sagte
er — ich sollte voran fahren —

Doctor Primrose. Aber wer denn
— wer denn?

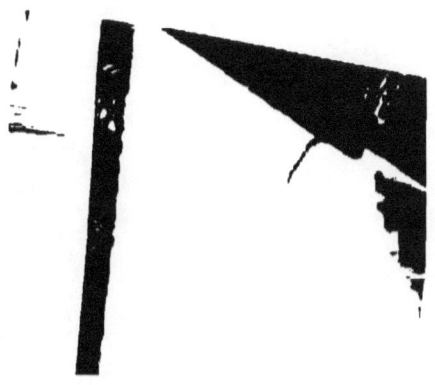

Olivie. Brachte er mich auf sein Schloß. —

Doctor Primrose. Auf sein Schloß — Und du sagtest zuvor —

Olivie. Ich wenn Sie erst alles wissen werden —

Doctor Primrose mit zitternder Stimme, Olivie! — Olivie! —

Olivie indem sie ihr Gesicht in den Busen des Vaters verbirgt, mit unverständlicher Stimme. Der Lord ist seit gestern mein Gemahl.

Doctor Primrose indem er sie mit Unwillen von sich stößt. Fort von mir, Buhlerin, deine Entführung war also schändliche Verabredung.

Doctor Primrose. Nie soll euch die meinige werden — Ich will die Hand der Gerechtigkeit gegen ihn aufrufen und die gebe ich meinen —

Olivie. Halten Sie ein, mein Vater, ich verdiene Ihr Mitleid, nicht Ihren Fluch.

Doctor Primrose. Geh mir aus den Augen, Unglückliche —

Olivie. Das bin ich, drum verschließen Sie mir nicht Ihr Herz —

Doctor Primrose. Dem du unheilbare Wunden geschlagen hast —

Olivie. Entziehen Sie mir nicht Ihre Liebe —

Sophie und Moses bittend. Lieber
— lieber Vater — Sie sind ja sonst so
gut —

Doctor Primrose nach einigem innern
Kampf. Deine Verirrung wird mich ins
Grab bringen — Und doch — und doch —
Ach was ein Vaterherz vermag — und doch
— indem er sie schnell in seine Arme schließt, ver-
zeih ich dir.

Olivie in seinem Arm. Und hassen mich
doch auch nicht?

Doctor Primrose gerührt. Dann
würde ich dir nicht verziehen haben.

Olivie. Aber auch ihm — Auch ihm —

Doctor Primrose. Mag er sich mit

Olivie. Gott, er war hier und verschwieg sein Vergehen —

Doctor Primrose. Hier ist ein Labyrinth von Ränken, vor deren Aufklärung ich zurücke bebe — Sey aufrichtig, Olivie — bist du ihm wirklich angetraut?

Olivie. Mehr durch Zwang als Ueberredung brachte er mich dahin, daß ich ihm meine Hand gab.

Doctor Primrose. Und der Name des Geistlichen —

Olivie. Mir unbekannt —

Doctor Primrose. Und dich nach London bringen zu lassen, war seine Absicht? —

Doctor Primrose zu Mofes. Schweig.
Zu Olivie. Und nun weiter.

Olivie. Ich rief die Gerichtsdiener
um Hülfe an, allein umsonst — dazu hät=
ten sie keinen Befehl. — Ohne unsern redli=
chen Freund Burchel —

Doctor Primrose. Und wie rettete
er dich?

Olivie. Er war allein und seiner Ge=
wohnheit nach zu Fuße — Kaum ward er
mich ansichtig, so rief er mit lauter Stimme
zu halten, und der Kutscher gehorchte ohne
Widerrede. Dieser sowohl als die beyden
Bedienten, die der Lord mitgegeben hatte,
schienen bey seinem Anblick äußerst bestürzt.

Achter Auftritt.

Sinkins und die Vorigen.

Sinkins. Ihr Diener, Herr Paftor —
Mein Besuch wird Ihnen wohl nicht so recht
gelegen seyn. *Indem er einige Papiere aus der
Tasche zieht und den Schuldbrief hervor sucht.* Auch
bin ich mit zwey Worten fertig.

Doctor Primrose. Was bringen
Sie, Sir?

Sinkins. Ich kam wohl nicht eigent=
lich um zu bringen, sondern um zu hohlen,
Herr Paftor. *Indem er ihm den Schuldbrief
vorhält.* Wenn Sie das datum nachsehen,

Einkins. Was geht mich Ihre Lage
an — Geld, Herr Pastor, oder — Sie
wissen, wie es in England Brauch ist. Da
wird nicht lange gefackelt.

Doctor Primrose. Geschieht das
auf eigenem Antrieb, Sie, oder befahl das
Milord?

Einkins indem er ihm den Schuldbrief vorzeigt. Ist das Ihre Hand, Herr Pastor?

Doctor Primrose. Nun ja.

Einkins aufgebracht. Und daß ich die
Ehre habe, der Geschäftsträger von Seiner
Herrlichkeit dem Lord Thornhill zu seyn, wissen Sie doch auch?

Sinkins. Ich habe es mit Ihrem Manne zu thun und nicht mit Ihnen — Frau Pastorin — was hilft all das Pinseln und Winseln? — Wer schuldig ist muß bezahlen. Zu ihm. Und jetzt nur Ja oder Nein, damit ich mich darnach zu richten weiß —

Doctor Primrose. Nur eine kurze Frist, Sir, und ich werde Rath zu schaffen suchen — Für diesen Augenblick ist es mir unmöglich.

Sinkins. Das wollte ich nur wissen. Indem er dem Gerichtsdiener, der zurück getreten ist, zuruft. Nur näher — Nur näher —

Neunter Auftritt.

Der Gerichtsdiener und die Vorigen.

Sinkins. Thun Sie Ihre Schuldigkeit, Sir. Hier bleibt denn doch nichts weiter übrig.

Die Bauern aus dem Dorfe kommen von allen
Seiten herbey und bleiben in der Entfernung stehen.

Gerichtsdiener. Es thut mir leid,
Herr Pastor, aber indem er sich ihm nähert
Sie kennen die Strenge unserer Schuld-
gesetze.

Frau Primrose mit den Kindern, indem
sie ihn abhalten. Unmöglich — unmöglich —
Haben Sie Mitleid.

Doctor Primrose für sich. Das erwartete ich nicht.

Sinkins zugleich. Thun Sie Ihre
Schuldigkeit.

Gerichtsdiener zu der Familie. Setzen
Sie mich nicht in Verlegenheit — Es geschieht bey Gott ungern, aber ich muß leider — Indem er sich dem Doctor zum zweytenmal nähert, eilen die Nachbarn plötzlich herbey und
umringen den Gerichtsdiener.

Der alte Bauer indem er ihn anpakt. Wenn ihr eure Knochen gesund zum Dorfe herausbringen wollt — so pakt euch diesen Augenblick, das rathen wir euch.

Gerichtsdiener. Keine Gewaltthätigkeit, Leute —

Sinkins zugleich. Wie, ihr Lumpenhunde untersteht euch?

Der Bauer indem er Sinkins anpakt. Mit ihm werden wir nun so kein Federlesen machen. Er verwünschter Blutigel, Er.

Die Knaben die von dem Geschrey erwachen und sich aufrichten. — Mutter — Mutter, was ist das?

Doctor Primrose, indem er sowohl Sinkins als den Gerichtsdiener losmacht, zu den Bauern. Könnt ihr euch so vergessen — Freunde — Brüder! Ist das die Frucht meiner Lehren? — Ermahnte ich euch nicht immer zum Gehorsam gegen die Gesetze? Zum Gerichtsdiener in einem geruhigen Tone. Ich werde mit Ihnen gehen, Sir.

Frau Primrose schnell zum Gerichtsdiener. Erbarmen Sie Sich, Sir.

Die Kinder zugleich. Noch einmal, haben Sie Mitleid.

Der Bauer zugleich. Wir können das unmöglich zugeben — Zum Gerichtsdiener. Hören Sie mich an, Sir! Wir leisten Bürg-schaft —

Alle Bauern. Ja — Ja, das thun wir. Alle für einen.

Sinkins. Eure Bürgschaft gilt nichts.

Doctor Primrose zugleich. Ruhig — ruhig, Freunde.

Der alte Bauer indem er die Börse her-auszieht, die er vom Lord erhielt. Und hier ist auch Geld —

Doctor Primrose schnell einfallend. Nimmermehr werde ich zugeben, daß ihr das, was Milord euch schenkte —

Sinkins schnell. Wieviel beträgt es?

Der alte Bauer schnell, indem er ihm die Börse vorhält. Zwanzig Guinees und drü-ber — nehmen Sie — nehmen Sie, wir geben es mit Freuden —

Doctor Primrose zugleich, indem er ihn abhält. Nimmermehr. Nimmermehr —

Sinkins zugleich. Was soll die Bettes ley! — Zum Gerichtsdiener. Thun Sie was Ihres Amts ist —

Doctor Primrose. In Gottes Nahmen, kommen Sie, Sir.

Frau Primrose indem sie sich an seinen Hals hängt. Wir lassen dich nicht fort.

Die Knaben springen auf, schmiegen sich an die Mutter. — Mutter! — Mutter!

Die Kinder eben so. Gott! Gott! mein Vater!

Doctor Primrose zugleich. Es ist nicht anders. Ihr seht es ja. —

Sinkins zugleich. Fort! Fort! —

Der Vorhang fällt.

Fünfter Aufzug.
Scene im Gefängniß.

—

Erster Auftritt.
Doctor Primrose und Gefangen-
wärter.

Doctor Primrose sitz an einem kleinen
Tisch mit einem Buch in der Hand; der Gefangenwärter steht neben ihm. Ich kenne keinen Mann
dieses Namens, wüßte auch nicht, was er
mir zu sagen haben könnte.

Gefangenwärter. Ein Diebstahl. Er sitzt erst seit heute früh.

Doctor Primrose. Wenn er schlechterdings darauf besteht, so mag er kommen.

Gefangenwärter. Vielleicht wird seine Gesellschaft Sie ein wenig aufheitern, Herr Pastor, denn es ist ein ganz drolligter Kauz, und es thut mir, Gott weiß, in der Seele leid, daß man mit einem so braven Geistlichen so hart verfährt — ich werde ihn herhohlen. ab.

———

Zweyter Auftritt.

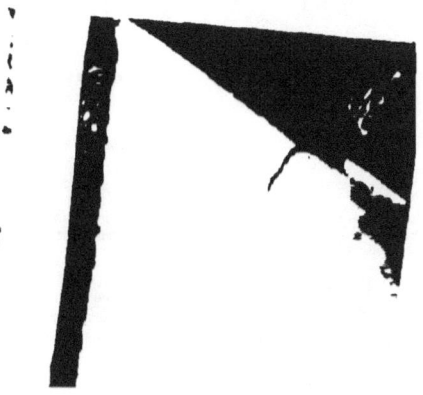

Dritter Auftritt.

Gesangenwärter. Jekinson und
Doctor Primrose.

Gesangenwärter. Nur hier herein. Nur hier herein.   ab.

Jekinson. Ist es erlaubt, mein gütiger Freund?

Doctor Primrose. Was verlangen
Sie von mir, Sie?

Jekinson. Wüßten Sie, wie sehr ich
es bedaure, in dem nemlichen Tone, wie in dem
zehnten Auftritt des ersten Acts, daß ich dem be-
rühmten Doctor Primrose, den herzhaften
Vertheidiger der ersten Ehe, die große Vor-

nie oder Entstehung der Welt den Philosophen aller Zeiten zu schaffen gemacht. Was
für einen Mischmasch von Meinungen haben
sie nicht von Erschaffung unseres Planeten
ausgesonnen. Sanchoniaton — Mannes
thon —

Doctor Primrose voller Verwunderung.
Verzeihen Sie, daß ich so viel Gelehrsam-
keit unterbreche — Aber indem er ihn voll
Verwunderung betrachtet mir kommt vor, daß
ich das alles schon einmal gehört habe —

Jetinson. Leider, leider haben Sie
das — Hätte ich das bißchen Gelehrsam-
keit, das ich in dieser Welt habe, nicht gestern in Ihrem Hause ausgekramt, so würde
ich noch diese Stunde frey herum gehen —

Jekinson. Ist heute um dreyßig Jahr
jünger, als gestern — Lassen Sie Sich das
nicht befremden — Ach, Sir! hätte ich
mich nur mit der Hälfte der Mühe, die ich
auf Erlernung der Schelmerey verwandt
habe, ein Handwerk zu lernen bestrebt, ich
könnte ein reicher Mann seyn, anstatt daß
sie mich jetzt, trotz meiner Talente, wahr-
scheinlicherweise wie einen Dummkopf auf-
henken werden — es thut mir nur leid, daß
ich Sie betrogen habe —

Doctor Primrose. Ich verzeihe Ihnen von ganzem Herzen, und wenn meine
Fürbitte Ihre Strafe mildern kann —

Jekinson. Ach, Sie sind die Güte
selbst — Wenn nur Ihr Nachbar Flamborough so mitleidig gesinnt wäre —

Doctor Primrose. Auch ihn werde
ich bitten, daß er seine Aussage unter-
drückt. —

Jekinson. Ach wenn Sie das thun
wollten, Sir — vielleicht kann ich Ihnen
dagegen einen Freundschaftsdienst erweisen,
den Sie Sich nicht vermuthen —

Doctor Primrose.   Ich wüßte doch
in der That nicht —

Jekinson.   Ich aber mehr, als Sie
wohl glauben.   Ihre Verhaftnehmung ist
warlich das mindeste Herzeleid, das Ihnen
Lord Thornhill zugefügt hat.   Nicht wahr?

Doctor Primrose. Meine Verwunderung wächst mit jedem Augenblick —

Jekinson.   Das kann ich mir einbil-
den — Aber ich will kein Schelm seyn —
denn auf den ehrlichen Mann kann ich doch
nun einmal nicht schwören — wenn ich Ihnen nicht noch heute einen Beweis von meiner Erkenntlichkeit gebe — Leben Sie wohl,
gütiger Freund — Sie sollen bald mehr von
mir hören — und wenn ich Ihrer gütigen
Fürbitte ohnerachtet dieser schnöden Welt ein
Lebewohl sagen muß, so behalten Sie mich
wenigstens in gutem Andenken, wenn ich
bitten darf — Schnell ab.

Vierter Auftritt.

Doctor Primrose allein. Alles, was
mir dieser Mensch gesagt hat, befremdet mich
aufs äußerste — Wahrscheinlich ist er dem
nichtswürdigen Lord zu der Ausführung seines Bubenstücks behülflich gewesen — wahrscheinlich derselbe, den er zur Begleitung mitgegeben, und den man, wie meine Tochter
erzählte, auf der Straße angehalten hat —
Es ist mir leid, daß ich ihn so geschwind fort-
gelassen habe —

Frau Primrose, Olivie, Sophie, Moses, Richard
und Wilhelm treten eiligst ein und fallen dem Vater
um den Hals.

Frau Primrose schluchzend. Unser guter Flamborough — Er ließ uns herführen. Er wollte selbst mitkommen. Nur der unglückliche Brand —

Doctor Primrose indem er die Knaben einen nach dem andern herzlich küßt und an sich drückt. Ihr armen Schelme! — Hier wird es schmale Bissen für euch geben —

Richard. O wir haben recht brav gefrühstückt, lieber Papa, aber Sie indem er dem Vater die Backen streichelt.

Wilhelm. Moses hat auch für Sie einen ganzen Kober voll mitgebracht — sehen Sie nur dort.

Frau Primrose die unterdessen Moses den Kober abnimmt, ihn auf den Tisch setzt und die Eßwaaren heraus langt. Lieber Mann — wenn du doch etwas genießen wolltest. —

Doctor Primrose. Dank — herzlichen Dank — vielleicht nachher — indem er zwischen die Töchter tritt und sie bey der Hand nimmt. Laßt mich doch wieder einmal heitere Gesichter sehen, Kinder — das wird meinem alten Herzen wohl thun — Es kann ja noch

K

alles gut werden — Zu Frau Primrose. Muth
gefaßt — Muth gefaßt, Deborah — Gott
wird mir auch hier heraus helfen.

Frau Primrose herzlich weinend. Das
wolle er — das wolle er —

Doctor Primrose mild. Laß doch
das Weinen, Alte — du machst mir ja die
Kinder traurig. Laut. Lustig Jungens —
springt ein wenig herum — recht so —
Zu Frau Primrose. Wer wird gleich so zagen —
Zu Olivia, indem er ihr freundlich die Hand reicht.
Olivia! . . . .

Olivia indem sie ihr Gesicht auf seine Hand
hindruckt. Nicht diesen liebevollen Blick, mein
Vater, ich verdiene ihn nicht —

tag, an dem ich wieder predigen werde, nicht einen Pfennig in die Armenbüchse stecken dürfen. Die Knaben gehen zu Moses und winken ihm, es ist mit ihnen gehen. Sie wiederholen das in der Folge einigemal.

Frau Primrose. Ich will deine Standhaftigkeit nachzuahmen, ich will mich zu beruhigen suchen — Aber lieber Mann, wie wäre es, wenn du dich entschließen möch- test an den Oheim des Lords, den Baronet Thornhill zu schreiben.

Doctor Primrose. Nimmermehr — nimmermehr, meine Liebe. Sprich selbst, ob es nicht Unverschämtheit verrathen würde, wenn ich Unserliche auf die Wohlthätigkeit

wohl aber habe ich einen andern Weg einge-
schlagen, der mich ohne Verletzung meiner
Ehre sicher hier herausbringen wird — ich
habe gleich nach meiner Ankunft hier an
meinen alten redlichen Schulkameraden
den reichen Tom Arnold in London geschrie-
ben — Einen Freund wie diesen in der
Noth um Hülfe anstehen, heißt ihm selbst
einen Freundschaftsdienst erweisen — Auch
wird er mir den erbetenen Vorschuß nicht abschlagen; Fleiß und Sparsamkeit aber werden mich, wenn mir Gott das Leben fristet,
in den Stand setzen, ihm wieder gerecht zu
werden —

    Burchel tritt ein.

glücklicher Freund — Verzeih, daß ich nicht eher kam. Wenn du die Ursache wissen wirst —

Doctor Primrose verwirrt. Ich kann meine Augen vor Ihnen nicht aufschlagen, Sir. Bey meinem Unglück blieb ich standhaft, aber Ihr Anblick —

Burchel. Nicht in dem Tone, Alter, das sage ich dir, sonst wirst du mich im Ernst böse machen — indem er die Frau umarmt Wie bedaure ich sie, gute Frau! — und doch keinen Groll weiter hoffe ich.

Frau Primrose. Wüßten Sie welche Vorwürfe ich mir mache — Können Sie mir verzeihen?

Burchel zu Doctor Primrose. Noch immer — Zu den Knaben. Jungens, bittet doch euren Vater, daß er mich ein wenig freundlich ansieht. —

Doctor Primrose indem er ihm um den Hals fällt. Konnte, konnte ich dich verkennen —

Richard und Wilhelm zu Moses wie oben.

Moses. Ueber die Plagegeister. Er geht mit ihnen ab.

Burchel indem er dem Doctor die Hand auf den Mund legt. Laß das — jetzt nur mit zwey Worten die Ursachen, die mich abhielten, früher zu kommen — Ich war gestern kaum zum Dorf heraus, so begegnete ich meinem Freund

ten — Vor einer Stunde eilte ich hin, und
Gott wie erschrak ich, als ich hörte! —

Doctor Primrose. Edelmüthiger
Freund! —

Burchel. Sobald ich Sie nur erst hier
heraus habe, sollen Sie mehr wissen — Es
ist heute Gerichtstag. Der Friedensrichter
wird hoffentlich bald hier seyn — — und dann
wollen wir auch nicht eine Minute länger
hier weilen —

Doctor Primrose. Ich will nicht
hoffen, daß Sie — Nie, nie werde ich
zugeben —

Burchel mit Befremden. Nicht?

Doctor Primrose. Nehmen Sie

Doctor Primrose *indem er ihn zurück zieht.* Nicht so! — Bey allem was heilig ist, nicht so — mit Freuden Wärst du reich, Mann — von wem in der Welt würde ich wohl lieber Hülfe annehmen?

Burchel. Das würdest du — das würdest du —

Doctor Primrose. Bey unserer Freundschaft, und das ist warlich ein feyerlicher Schwur. —

Burchel *froh.* Nun dann bleib ich — und nun will ich euch auch sagen —

Der Gefangenwärter tritt ein.

Siebenter Auftritt.

Achter Auftritt.

Der Gefangenwärter und die Vori=
gen ohne Burchel.

Gefangenwärter. Jetzt wird Ihre
Erlösung wohl nicht weit seyn, Herr Pa=
stor — Aber das dachte ich gleich, sobald
ich nur den Baronet Thornhill hier ankom=
men sah.

Doctor Primrose. Der Baronet
Thornhill, der Oheim des Lords wäre
hier? —

Gefangenwärter. Je du liebes
Gott! Nur so eben gieng er ja von Ih=
nen. —

Doctor Primrose erstaunt. Der Ba=
ronet Thornhill?

Gefangenwärter. Ich glaubte, Sie
kennen ihn?

Doctor Primrose wie versteinert. Him=
mel, welche Entdeckung!

Frau Primrose zugleich. Ists mög=
lich?

Olivie und Sophie zugleich. Herr
Burchel — der Baronet Thornhill!

Gefangenwärter. Ich merk wohl
— ich merk wohl, der liebe gute Herr —
Aber so macht er es immer — Sie sehen
ihn also wohl heute zum erstenmale und wuß-
ten nicht —

Doctor Primrose. Seit länger als
einem Jahr schon besucht er mein Haus —

Gefangenwärter. Aber vermuth-
lich unter einem ganz andern Namen, nicht
wahr? ja, ja, das ist so seine Art. —

Doctor Primrose. Auf einer Land-
reise machten wir seine Bekanntschaft. Dies
Kind hier rettete er unterwegens vom Er-
trinken —

Gefangenwärter. Er war wohl zu

und dann holt er aus und dann erkundigt
er sich nach allem, und wenn er sich erst überzeugt hat, daß es gute Menschen sind —
dann hilft, dann unterstützt er. —

Doctor Primrose. Kaum kann ich
wieder zu mir selbst kommen.

Gefangenwärter. Und sogar zieht
er in den Gefängnissen herum. In das
hiesige kommt er gewöhnlich alle Monate
einmal, und so schlecht wie er daher-
geht, hat er ein ganz ansehnliches Vermögen —

Burchel tritt ein.

———

Neunter Auftritt.

Burchel indem er sie aufhebt. Was fällt
Ihnen ein? Indem er den Gefangenwärter ansieht.
Ich will doch nicht hoffen —

Gefangenwärter. Verzeihen Sie,
Sir — ich wußte nicht —

Burchel. Ueber die Plaudertasche! —
Laß uns! Der Gefangenwärter ab.

Zehnter Auftritt.

Burchel und die Familie des Doctor Primrose.

Doctor Primrose. Noch einmal
großmüthiger Wohlthäter, weichen Sie unserm Dank nicht aus —

Frau Primrose und die Mädchen
zugleich. Wie sollen wir Ihnen danken —

Burchel indem er sie abhält. Verschont
mich — verschont mich, Freunde —

Doctor Primrose ohne sich zu unterbrechen. Wir sind von Gefühlen durchdrun-
gen, für die uns Worte fehlen —

Burchel wie zuvor, ohne sich zu unterbrechen. Laßt mich — Laßt mich — Ihr seht ja meine Verlegenheit. Nach einer Pause, indem er sie einen nach dem andern betrachtet. Und nicht einen Zug mehr von der vormaligen Herzlichkeit — und das auf keinem einzigen Gesichte! — Wie mich das kränkt!

Doctor Primrose indem er ihn herzlich umarmt. Sie irren Sich, Sir! — Aber unsere Betäubung ist noch zu groß. —

Burchel. Das war denn doch etwas — nun und wir wollen schon wieder ins alte Geleis kommen, hoffe ich — nicht wahr? — Ihre Hand, gute Frau. —

Frau Primrose. Ich bin so beschämt, Sir —

Burchel. Nur nicht wieder von vorne angefangen, das bitte ich — Indem er den Doctor und seine Frau bey der Hand nimmt. Verzeiht Freunde, daß ich euch hintergangen habe — Euch von Grund aus kennen zu lernen, war meine Absicht — Als Baronet Thornhill, hätte ich sie nie erreicht, das wußte ich — Die Frau Pastorin hätte aufgetischt, der Herr Pastor wäre zurückhaltend gewesen — Das wollte ich vermeiden — Aber nun vor allen Dingen —

Der Gefangenwärter tritt ein.

Eilfter Auftritt.

Der Gefangenwärter und die Vorigen.

Gefangenwärter indem er dem Baronet einen Brief giebt. Der Läufer von Sr. Herrlichkeit brachte das.

Burchel indem er den Brief aufbricht. Wo hat der Kerl erfahren, daß ich hier bin?

Gefangenwärter. Er hat Ihrem Bedienten begegnet, den Sie nach der Kutsche schickten.

Burchel. Er soll sich packen.

Gefangenwärter. Er ist bereits fort, Sir. ab.

Zwölfter Auftritt.

Burchel und die Familie.

Burchel indessen daß er den Brief ließt.
Das erwartete ich — Reue, die mich nicht
täuschen soll — Nach einer Pause mit zuneh-
mendem Befremden, indem er sich mit der Hand vor
die Stirne schlägt. Schändlich! — schändlich! — abscheulich! — Nach einer abermali-
gen Pause. Wohin du willst, Niederträchti-
ger — Nur nicht mir unter die Augen —
Nachdem er getreten. Großer Gott, was für
eine Schlange habe ich in meinem Busen
genähret — Diese Niederträchtigkeit hätte
ich nie geglaubt, wenn nicht sein eigenes Ge-
ständniß da wäre. Zur Familie. Sie kennen

Frau Primrose *publ.* Gott, was
für ein Unglück muß ich erleben!

Burchel Jetzt heuchelt er Reue und
Zerknirschung, der Niederträchtige — weil
seine Absicht fehl schlug, und er vor den Folgen zittert. Er will fort, will aus dem Lande,
nimmt auf ewig Abschied — um sein Verbrechen zu rügen, will er eine Schenkungs-
acte über sein väterliches Vermögen für Olivie zurücklassen, bittet mich um meine Einwilligung — Zur Ausführung seiner Schandthat hat er sich eines Kerls bedient, der seiner Ingabe nach wegen eines ändern Bube-
stücks hier in Verhaft sitzt — wir wollen ihn
kommen lassen — He da! Vielleicht ist das
wohl gar der Betrüger, der die Rolle des

Dreyzehnter Auftritt.

Der Gefangenwärter und die Vorigen.

Burchel. Ist ein gewisser Jenkinson hier eingebracht?

Gefangenwärter. Diesen Morgen, Sie. *Zum Doctor.* Der nehmliche, der Sie so schnlich zu sprechen verlangte.

Doctor Primrose *zugleich.* Meine Vermuthung war also gegründet.

Vierzehnter Auftritt.

Burchel und die Familie.

Burchel zu Olivie. Weinen Sie nicht, unglückliches Kind. Danken Sie vielmehr Gott, der Ihre Unschuld beschützt hat. Ihrer Engelreinen Tugend läßt selbst der Böse nicht Gerechtigkeit wiederfahren. —

Olivie. Konnte ich diese Niederträchtigkeit nur ahnden?

Frau Primrose. Ich nur; ich allein bin an dem Unglück schuld — Ewig werde ich mir Vorwürfe machen — Hätten wir

haben Sie auch den Schlüssel zu dem anony-
mischen Briefe, den ich schrieb.

Frau Primrose. Dem wir in unserer Verblendung eine so verkehrte Deutung
gaben.

Der Gefangenwärter und Jenkinson treten ein.

———

Fünfzehnter Auftritt.

Der Gefangenwärter. Jenkinson
und die Vorigen.

Burchel. Keine Ausflüchte unverschämter Bösewicht, oder —

Jefkinson. Gemach — Gemach, Sir. Ist das nicht ein Aufhebens über ein paar lumpichte Mähren, die mein Seel kaum des Todtschießens werth sind. —

Burchel. Welche unerhörte Frechheit! — Zu Olivien — Vermuthlich erinnern Sie Sich seiner Gesichtszüge, Miß —

Olivia. Sehr genau, Sir — Es ist derselbe, den der Lord zur Begleitung mir gab. —

Jefkinson. Ey der Henker; wie ich sehe, so ist Ja hier von einer ganz andern

tröst den Mann, pflegt man zu sagen. —
Und so hoffe ich mit Gottes Hülfe, daß, wenn
Sie erst alle Umstände wissen werden — —

Burkel. Du deinen verblümten Sohn
erhalten sollst — Aber ich weiß nicht, wo
ich die Geduld hernehme. Zum Gefangenwärter.
Führt ihn sogleich zum Friedensrichter —

Jenkinson indem er den Gefangenwärter ab-
ruft. Machen Sie Sich keine Ungelegen-
heit, Sir. Es braucht wahrhaftig alle der
Umstände nicht, ich wünschte ohnehin wohl,
daß die Sache unter uns bliebe. Ich werde
— — — Große Beschreibung —

eben kein Feind von gewissen kleinen Aben-
theuern ist, hat mich hin und wieder mit
Aufträgen beehrt, und er wird mir bezeu-
gen, daß er nicht besser bedient werden konnte, als von mir geschehen ist. Vor einiger
Zeit klagte er mir, daß er in die schöne Dame hier sterblich verliebt sey. Zwar wäre
auch sie ihm nicht eben abgeneigt, nur sahe
er voraus, daß er weder zu ihrer Ihrer,
noch des Herrn Pastors Einwilligung erhalten würde. Hiezu käme noch, daß er sich
mit einer gewissen reichen Miß Wittwet in
Heirathstractaten eingelassen hätte, die er,
obwohl es im Grunde nur kaufmännische
Spekulation sey, nicht so geradezu abbrechen
könnte. Indessen müßte er ohnfehlbar ster-

Jekinson. Ja, Sir, das bin ich ohne
Ruhm zu melden — Aber hören Sie mich
nur aus. Ihr Neffe wollte sich anfangs
schlechterdings nicht dazu entschließen, und
ich glaube, er würde noch diesen Augenblick,
wie weiland Herr Hercules, an dem bekann-
ten Scheidewege wankend da stehen; wenn
nicht das niedliche Körbchen, das er ganz
unverhoft von Miß Willmot erhielt, vorzüglich aber die Furcht, daß ihm ein anderer
dieß Liebchen hier wegfischen würde, seine
Standhaftigkeit wankend gemacht hätte —

Der Lord tritt eiligst ein.

Sechzehnter Auftritt.

Der Lord und die Vorigen.

Lord. So verhaßt Ihnen auch mein Anblick seyn mag — *Indem er plötzlich den Oheim gewahr wird, und gewaltig erschrickt.* Gott, mein Oheim! *Er nähert sich ihm.*

Burchel *stößt ihn zurück.* Von mir, Nichtswürdiger! — Dein Anblick empört mich.

Lord *indem er vor ihm auf die Kniee fällt.* Lassen Sie mich zu Ihren Füßen —

Burchel. Von mir, sage ich Dir — es giebt nur einen Weg zu meinem Herzen, und das ist der Weg der Ehre, den Du nicht kennst —

Lord. Mögen Sie mich auch für den verworfensten elendsten Buben halten, so glauben Sie doch nur wenigstens, daß ich an der Verhaftnehmung des Mannes keinen Antheil habe — Mein schurkischer Verwalter — hat, wie ich erst diesen Augenblick von ihm selbst erfahre —

Burchel. Du haſt Verbrechen auf
Verbrechen gehäuft, drum geh nur ſo weit
Dich deine Füße tragen —

Lord. Nie, nie ſollen Sie mich wieder
ſehen. Blos um dieſen ehrwürdigen Greis
zu befreyen, eilte ich her — Die namens
loſen Leiden, die ich ihm verurſacht habe,
liegen Centnerſchwer auf meiner Seele —
möchte ich ihr Andenken er zerreißt den Schuld=
brief wie dieß hier tilgen können — Und
nun fort von hier — und das auf ewig —
Er will fort.

Jekinſon indem er ihn zurückhält. Einen
Augenblick, Milord, wenn ich bitten darf.

Lord indem er ihn von ſich ſtößt. Zur Hölle
mit dir, Elender! —

Jekinſon indem er ihn hält, zum Baronet,
Laſſen Sie ihn doch nur um Gottes willen
nicht fort, Sir. Ich habe noch etwas wich=
tiges auf dem Herzen, das er ſchlechter=
dings mit anhören muß.

Lord wie zuvor. Darfſt du es wa=
gen —

Burchel zum Lord. Bleib, ich befehl es Dir — Zu Jekinson. Rede. Etwa ein neues Verbrechen?

Jekinson zu Burchel. Sagen Sie mir, Sir. Darf wohl ein Ehemann nach unsern Gesetzen seine Frau ungestraft sitzen lassen. Darf er das?

Burchel. Was soll das?

Lord zugleich. Unverschämter! —

Jekinson. Ich sollte glauben, Nein, und dann darf er nicht aus dem Lande, denn er ist verheirathet — damit Sie es nur wissen.

Burchel. Nimmermehr! —

Doctor Primrose zugleich. Unerhörtes Verbrechen!

Frau Primrose zugleich. Noch nicht genug!

Olirie zugleich. Schändlich!

Sophie zugleich. Ists erhört!

Lord. Du lügst, Teufel!

Jekinson indem er dem Baronet ein Papier giebt. Nur Geduld. Hier ist schwarz auf weiß, wenn Sie mir nicht glauben wollen.

Burchel nachdem er gelesen. Was ist das? — Wenn hier nicht etwa ein Betrug vorgeht — wenn die Hand nicht nachgemacht ist — Er giebt das Papier dem Doctor Primrose.

Jekinson schnell einfallend. Seyn Sie unbesorgt, Sir. Der Mann wird sie nicht ableugnen. Er müßte denn zwischen gestern und heute aus der Welt gegangen seyn — Und das sollte mir leid thun.

Lord. Ich erstaune — wovon ist hier die Rede?

Doctor Primrose nachdem er gelesen. Ich kenne die Handschrift wie meine eigene.

Jekinson zu Primrose. Desto besser. Desto besser. Und nun sehen Sie doch auch, daß ich Wort halte. Ich will Ihnen allerseits aus dem Traume helfen. Nach der Verabredung sollte ich einen falschen Priester ho-

len.   Da ich aber meine Sache nicht gerne
halb mache, holte ich einen wirklichen Pries
ster und sie sind so rechtmäßig getraut, wie
irgend ein Paar im Königreiche.

Lord außer sich.   Großer Gott, ich möch=
te den Schurken beynahe vor Freuden um=
armen!

Jekinson im vorigen Tone des Lords.   Zur
Hölle mit dir! — Pfui, Milord — das
wär nicht hübsch — aber so gehts.   Un=
dank ist der Welt Lohn. — Zwar muß ich
gestehen, daß mein eigenes kleines Interesse
hier auch mit in Anschlag kam.   Glauben
Sie nur nicht, daß ich Ihnen den Trau=
schein ausgehändigt hätte.   Den hätte ich
sehr sorgfältig aufgehoben und er wäre mir
ein sicherer Schlüssel zu Ihrer Börse gewe=
sen, so oft ich Geld gebraucht hätte —
Nun ich aber sehe, daß Sie aus dem Lan=
de wollen, ist mir der Wisch ohnehin nichts
nütze.

Lord indem er sich furchtsam dem Baronet
nähert, der wie alle übrigen in Erstaunen versenkt
da steht.   Mein Oheim!

Burchel. Unglück genug für mich, daß ich es bin — Laß mich —

Lord. Mein Oheim! —

Burchel. Was, erwartest du, daß ich dein Verbrechen jetzt mit andern Augen ansehen werde als vorhin? —

Lord. Das nicht — Aber —

Burchel. Und was sonst? — Ich hoffe nicht, daß du frech genug seyn wirst Ansprüche geltend machen zu wollen —

Lord. Nur dies, nur dies allein kann mich vor der Verzweifelung schützen.

Burchel. Die Hand der Gesetze soll sie zernichten diese Ansprüche.

Lord. Nimmermehr — nimmermehr — Hören Sie mich an, mein Oheim. Leidenschaft von einer und Verführung von der andern Seite, verleiteten mich zu einer Schandthat, vor deren Erinnerung ich zurückschaudre — mein Verbrechen ist grenzenlos, aber meine Reue ist es bey Gott nicht minder — Und nun verſchließen Sie mir nicht den einzigen Weg zur Beſſerung, der mir noch offen iſt. *Zu Olirie.* Mit Zittern nahe ich mich Ihnen, Olirie. Nie habe ich meine Niedrigkeit lebhafter empfunden, als in dieſem Augenblick — Und doch wage ich es —

Olirie mit ſchwacher Stimme. Milord —

Lord. Ich fühle, daß ich mich Ihrer Hand unwerth gemacht habe — Auch mögen Sie nur dann — nur dann erſt, wenn Sie die vollſte Ueberzeugung von meiner Beſſerung haben werden — nur dann erſt mögen Sie mir verzeihen und mich als Gatten aufnehmen — Für jetzt nur Hoffnungen, nur dieſe wenigſtens.

Olirie wie zubor. Mag mein Vater den Ausſpruch thun.

Lord ſchnell einfallend. Bey dem nur ein Engel, wie Du, mein Fürbitter ſeyn darf — *indem er ſich das Geſicht mit ſeinen Händen bedeckt.* Ich wage es nicht. —

Doctor Primrose unentschloſſen für ſich. Was ſoll ich thun? *Indem er zum Lord geht.* Iſt Ihre Reue aufrichtig, Milord, ſo bitten Sie Gott, daß er Ihr Herz beſſere — Die Kränkungen, die Sie mir alten Mann zufügten — will ich zu vergeſſen ſuchen. —

Lord *indem er ihm äußerſt gerührt die Hand faßt.* Unnachahmlicher, Gott an Milde ähnlicher Greis — Wie ſoll ich dir meine Beſchämung — meine Bewunderung — meine Ehrfurcht ausdrücken? — *Mit unterdrückter Stimme.* Und darf ich — darf ich hoffen — dich einſt — wenn ich Beweiſe von meiner Beſſerung gebe — Vater nennen zu dürfen? —

Doctor Primroſe *indem er ſich gegen Burchel wendet.* Sie —

Burchel. Wo denken Sie hin — der Beſitz dieſes Engels iſt Belohnung und ſeine Verirrung verdient Strafe.

Doctor Primroſe. Seine Beſſerung iſt nicht unmöglich.

Lord. Ich gelobe Sie vor Gott, mein Oheim.

Burchel. Erst muß ich Beweise sehen.

Lord. Und geben doch dann auch Ihre Einwilligung?

Burchel. Selbst dann nicht anders als unter Bedingungen, die ich festzusetzen mir vorbehalte.

Lord indem er ihm höchstgerührt die Hand küßt. Es giebt keine, der ich mich nicht unterwerfe. Zu Doctor Primrose, indem er ihn umarmt. Vater! Zu Frau Primrose. Mutter! Zu Olivie. Olivie! indem er in ihre Arme sinkt. Ich unterliege meinen Gefühlen —

Jenkinson indem er sich dem Baronet nähert. Sir! — Hier ist auch noch so ein verirrtes Schäfchen, das gern wieder zur Heerde möchte. Legen Sie doch bey dem Friedensrichter ein gut Wort für mich ein, daß er mich gehen läßt.

Burchel. Gut, daß du dich meldest. — He da! —

Jekinson indem er vor dem Baronet auf die Knie fällt. Sie werden mich doch nicht henken lassen, Sir! Das hieße ja, mir den Weg zur Besserung verschließen.

Burchel zum Gefangenwärter, der unterdessen eingetreten. Bringt ihn fort —

Jekinson indem er den Gefangenwärter abhält. Um Gottes willen, Sir, wenn ein einziger Mensch bey der Geschichte ums Leben kommt, so wird ja ein Trauerspiel daraus, und überdem ist es ja wider alle Regel, den Helden leben zu lassen und den Vertrauten umzubringen.

Burchel. Bringt ihn fort, sage ich —

Lord. Lassen Sie Gnade für Recht ergehen, mein Oheim — er war mein Verführer und doch — mit Beschämung gestehe ich es — zugleich mein Erretter.

Jekinson. Das heißt Sie Gott reden, Milord.

Doctor Primrose. Es wird Sie befremden, Sir — Aber auch ich bitte für

M

www.ingramcontent.com/pod-product-compliance
Lightning Source LLC
Chambersburg PA
CBHW031104020726
47495CB00007B/2044